Aeolian World – Chomolungma – Novembernacht

Simon Weipert

Aeolian World Chomolungma Novembernacht

Drei Erzählungen

Bibliografische Information der Deutschen Nationalbibliothek
Die Deutsche Nationalbibliothek verzeichnet diese Publikation
in der Deutschen Nationalbibliografie; detaillierte bibliografische
Daten sind im Internet über http://dnb.d-nb.de abrufbar.

Umschlagdesign, Satz, Herstellung und Verlag:
BoD - Books on Demand, Norderstedt

ISBN 978-3-7583-5558-5

Inhalt

Aeolian World

Unaufhörlich schwang das Pendel unter der mächtigen Kuppel, während die Zeit verrann und die Erde sich unmerklich, aber stetig weiterdrehte. Rebecca sah nach oben, in die Rotunde, wo das Pendel an einer langen Schnur aufgehängt war, und ließ ihre Augen durch die von Säulen und Statuen gesäumte Halle schweifen, bevor ihr Blick unwillkürlich zu der ruhelosen Konstruktion in der Mitte zurückkehrte.

Nachdem sie sich noch weitere Bilder ihrer Reise nach Paris angesehen hatte, hörte sie, wie ihr Freund Christian nach Hause kam. Die beiden umarmten und begrüßten einander, und Rebecca sagte nach einigen Augenblicken: »Ich habe fast den gesamten Samstagnachmittag damit verbracht, mir Bilder unserer Reisen anzuschauen. Zum Schluss bin ich im Pariser Pantheon angekommen.«

»Du erinnerst dich bestimmt noch an das große Foucaultsche Pendel«, antwortete Christian.

»Ja, natürlich … Es ist erstaunlich, dass man damit die Erddrehung messen kann. Das Pendel bildet sicher nicht ohne Grund den Mittelpunkt der Halle.«

»Richtig. Es symbolisiert die Macht der Wissenschaft, die im Zentrum der modernen Zivilreligion steht.«

»Sie ist in gewisser Weise unser heutiger Glaube, aber unglücklicherweise wird sie manchmal auch missbraucht, und viele Menschen vertrauen zu blind allem, was als wissenschaftlich bezeichnet wird.«

»Das stimmt leider«, sagte Christian und fuhr fort: »Ich habe den Eindruck, dass das auch bei manchen unserer Bekannten so ist.«

»Judiths Freundin Andrea zum Beispiel ist fest davon überzeugt, dass es möglich ist, mit Hilfe von Algorithmen und künstlicher Intelligenz die Zukunft vorherzusagen ... Ich habe da so meine Zweifel, auch wenn immer mehr Leute daran glauben.«

»Mir geht es genauso. Ich werde Andrea ja morgen kennenlernen, wenn Judith uns besucht. Ich bin neugierig auf sie und ihre Geschichte.«

»Ich auch«, erwiderte Rebecca, bevor sie gemeinsam ihr Abendessen zubereiteten.

Am nächsten Tag kam Rebeccas Schwester Judith zusammen mit Andrea zu ihrem lange erwarteten Besuch in Rebeccas und Christians Wohnung im Frankfurter Westend, nachdem sich Judith und Rebecca mehrere Wochen lang nicht gesehen hatten, weil Judith seit etwa einem halben Jahr als Assistenzärztin an der Universitätsklinik arbeitete, während Rebecca neben ihrer Unterrichtstätigkeit an der Musikhochschule als Pianistin immer mehr Konzerte gab. Judith war zwei Jahre jünger als Rebecca und sah ihrer Schwester mit ihrem zierlichen Körperbau, ihren braunen Augen und ihren langen, lockigen, fast schwarzen Haaren sehr ähnlich. Sie hatte nach dem Abitur zunächst zwei Semester Mathematik studiert, sich dann aber doch für Medizin entschieden. Seit der Zeit ihres Mathematikstudiums verband sie eine zunächst lockere, in den letzten beiden Jahren aber zunehmend engere Freundschaft mit Andrea, die mittlerweile an einer mathematischen Dissertation arbeitete. Rebecca war Andrea bisher nur ein einziges Mal in Judiths Wohnung begegnet, hatte sie aber aus irgendeinem Grund auf Anhieb sympathisch gefunden und sie eingeladen, sie und Christian zusammen mit Judith zu besuchen. Andrea war etwas größer als Judith und Rebecca und hatte braune Haare, die an den Seiten und hinten kurz abrasiert, in der Mitte jedoch wesentlich länger waren und in wilden, blond gefärbten Locken endeten, die sie nach rechts gekämmt hatte. Sie trug ein dunkelgrünes Designerkleid und eine dezente Perlenkette, die einen gewissen Kontrast zu ihren dunklen Augenbrauen bildete, an deren Innenseiten sich jeweils ein kleines Piercing in Form eines Rings befand. Rebecca wusste aus Judiths Erzählungen, dass Andrea die Tochter eines Multimilliardärs war, der sein Vermögen als Gründer und Besitzer einer Investmentbank erworben hatte. Von ihrem Vater hatte Andrea nach dem Examen eine Milliarde Euro erhalten, die sie in ein Unternehmen namens Aeolian World investiert hatte, dessen Ziel der Bau von miteinander verbundenen Windparks in allen Teilen der Welt war.

Als die vier im Wohnzimmer saßen, erzählte Andrea nach kurzer Zeit begeistert von Aeolian World und ihrem Glauben an die Zukunft:

»Aeolian World wird einen riesigen Beitrag zu einer neuen, nachhaltigen Energieversorgung leisten. Unsere Modellrechnungen zeigen, dass es möglich ist, die ganze Welt mit Strom aus Windparks und Solaranlagen zu versorgen und auf diese Weise den Energiebedarf aller Menschen zu decken. Wie ihr wisst, habe ich viel Geld in diese Firma investiert. Viele halten das noch immer für sehr riskant, aber die rasante Entwicklung künstlicher Intelligenz macht es mittlerweile möglich, die Zukunft mit großer Präzision vorherzusagen. Ich gehöre zu einer Gruppe am mathematischen Institut, die ein Modell ent-

9

wickelt hat, das noch genauere Vorhersagen ermöglicht und mittlerweile fast unfehlbar ist. Auch die Entwicklung der Aktienkurse konnten wir bis auf kleine Ausnahmen in den letzten neun Monaten genau prognostizieren. Ich bin fest davon überzeugt, dass Aeolian World ein Erfolg wird. Dann werden sich die Investitionen in dieses Projekt schließlich auch finanziell auszahlen, vom immateriellen Nutzen und einem großen Schritt hin zu einer neuen, besseren Welt ganz zu schweigen.«

»Wie soll Aeolian World genau funktionieren?«, fragte Rebecca.

»Wir bauen große Windparks in allen Regionen der Erde«, antwortete Andrea. »Diese Anlagen werden durch Unterseekabel miteinander und mit sämtlichen Ländern der Welt verbunden sein und werden Strom jeweils dort liefern, wo er gerade gebraucht wird. Vor Flauten und Stürmen müssen wir keine Angst haben, weil irgendwo auf der Welt der Wind immer in der richtigen Stärke weht.«

»Ihr müsst sehr große Windparks bauen, damit sie immer genug Strom liefern«, sagte Judith.

»Ja ... Das ist aber gar kein Problem. Viele Staaten haben großes Interesse an unserem Projekt, so dass wir ohne weiteres in der Lage sein werden, Standorte für die Windturbinen zu finden.«

»Das heißt, dass weltweit auf Hunderttausenden von Quadratkilometern Windräder entstehen müssen«, sagte Christian.

»Ja ... Wir planen fürs Erste Windparks auf einer Fläche von insgesamt 300.000 Quadratkilometern. Viele Windräder werden dabei auf See oder in Steppen- und Wüstengebieten errichtet, wo sie niemanden stören.«

»Ihr werdet sehr viel Geld brauchen«, gab Rebecca zu bedenken.

»Das stimmt natürlich«, antwortete Andrea, und bei diesen Worten bemerkte Rebecca zum ersten Mal einen Anflug von Zweifel und verborgener Angst in Andreas Stimme und in ihrem Gesichtsausdruck.

Nach einem kurzen Augenblick jedoch fuhr Andrea fort:

»Zahllose Investoren in der ganzen Welt sind von unserem Vorhaben überzeugt, darunter auch mehrere institutionelle Großanleger und Fonds. Ich und einige andere Gleichgesinnte gehen voran und stellen ein gewisses Grundkapital zur Verfügung. Dann werden immer mehr Menschen weltweit uns folgen. Es gibt schon jetzt Tausende von ganz normalen Leuten, die ihr Geld in Fonds anlegen, die unsere Windparks finanzieren ... Auch für sie hält sich das Risiko in engen Grenzen, denn unsere Modelle zeigen, dass die Finanzierung kein Problem ist. Die wirtschaftliche Lage ist optimal für unser Projekt, und daran wird sich nach unseren Berechnungen auch nichts ändern. Wie gesagt, wir können heute ja nahezu alles genau vorhersagen ....«

»Du meinst, für einen Zeitraum von Wochen oder Monaten ...«, sagte Christian.

»Nein, nein, unsere Modelle können inzwischen zukünftige wirtschaftliche und politische Entwicklungen über Jahre hinweg prognostizieren. Es ist ja schon seit langem möglich, das Klima der Zukunft mit großer Zuverlässigkeit vorherzusehen. Warum sollte das nicht auch für andere Bereiche und für die Aktienkurse etwa unseres Unternehmens gelten?«

»Soweit ich weiß, hat die Entwicklung solcher Modelle und der Aufbau künstlicher Intelligenz in der Tat große Fortschritte gemacht«, entgegnete Rebecca.

»Ja ... Wir stehen heute kurz vor einem Punkt, wo die

11

künstliche Intelligenz unsere geistigen Fähigkeiten erreichen und übertreffen wird. Ich halte das für sehr realistisch ... Schließlich sind auch wir Menschen letztlich nur Algorithmen und nicht die Krone der Schöpfung ... All diese phantastischen Möglichkeiten werden unser Leben revolutionieren und wir, oder zumindest manche von uns, werden vielleicht bald beinahe ewig leben oder zumindest sehr, sehr lange.«

»Das wäre schön ...«, antwortete Rebecca und fuhr nach einem Augenblick fort: »Freilich hat die Vorstellung, dass künstliche Intelligenz uns irgendwann überholen wird, auch etwas Beängstigendes an sich.«

»Nicht wirklich«, sagte Andrea. »Sie ist eine Fortentwicklung der menschlichen Intelligenz, und wir sind ihre Schöpfer.«

Rebecca nickte und antwortete: »Es ist ein faszinierendes Thema, mit dem ich mich bisher nie beschäftigt habe.«

Nach einem Moment des Schweigens sagte Christian: »Auf jeden Fall musst du sehr viel Zeit mit Aeolian World verbringen ...«

»Ja«, erwiderte Andrea. »Ich beschäftige mich Tag und Nacht damit und habe die Arbeit an meiner Dissertation praktisch auf Eis gelegt. Glücklicherweise lebe ich nicht mehr in irgendeiner Beziehung und kann mich daher ganz unserem Projekt widmen. Es ist sozusagen mein Baby, und es erfordert meine ganze Aufmerksamkeit. Mein Besuch bei euch ist eine absolute Ausnahme in meinem normalen Tagesablauf, aber es freut mich wirklich sehr, euch kennenzulernen«, erwiderte Andrea, während sie Rebecca und Christian ansah.

Anschließend stellte Andrea Rebecca, Christian und Judith Fragen zu ihrem Leben und ihrer Arbeit. Christian

berichtete von seiner Dissertation und seiner Halbtags-
stelle an der Universität, und Judith schilderte ausführlich ihren Alltag als junge Ärztin an der Universitätsklinik. Schließlich erzählte Rebecca von ihren Konzerten
und ihrem Unterricht am Konservatorium, und Andrea
fragte:

»Was spielst du gerade?«

»Alle 32 Beethoven-Sonaten ... Vielleicht werde ich sie
in einigen Monaten in meinen Konzerten an der Musikhochschule zum Besten geben. Im Augenblick ist das
aber noch Zukunftsmusik«, antwortete Rebecca.

»Ich hätte auch gerne Klavierspielen gelernt.«

»Es ist nie zu spät ...«

»Ach, ich weiß nicht«, antwortete Andrea mit einem
melancholischen Ausdruck in ihrer Stimme und ihrem
Gesicht. »Als ich noch ein Kind und ein Teenager war,
haben meine Eltern nichts von der Idee gehalten und
wollten keine Musikinstrumente in ihrem Haus. Und
jetzt ist die Zeit dafür vorbei, vielleicht für immer ...«

Als Rebecca ihr ins Gesicht sah, bestätigte sich eine
Ahnung, die sie schon vom ersten Augenblick an gehabt
hatte, und sie fühlte jetzt deutlicher als zuvor, welche
Abgründe sich hinter der Fassade der Milliardärstochter
verbergen mochten.

Nach einem Augenblick der Stille sagte Andrea schließlich zu Rebecca:

»Wenn du Lust hättest, könntest du etwas spielen ... Ich
höre so gerne Musik.«

»Natürlich«, antwortete Rebecca und fragte: »Hast du
einen bestimmten Wunsch?«

»Nein, eigentlich nicht ... Ich glaube, du wirst das Richtige finden.«

Daraufhin setzte sich Rebecca an ihren Flügel und

spielte die Sonate in c-Moll Opus III von Ludwig van Beethoven.

Als sie fertig war, sagte Andrea:

»Danke ... Das Stück hat mir sehr gut gefallen. Der zweite Satz ist ganz anders als der düstere Anfang ... wie ein Nirwana.«

»Ja, die beiden Sätze sind wie zwei verschiedene Welten ... und am Ende überwiegen Trost und Hoffnung«, erwiderte Rebecca.

»Richtig. Manchmal haben wir wohl alle Sehnsucht nach einer solchen anderen Welt.«

»Das stimmt«, antwortete Rebecca, während die beiden einander kurz in die Augen sahen.

Nach einer kleinen Pause blickte Andrea auf ihre Uhr und sagte erschrocken:

»Oh mein Gott, ist es schon so spät? ... Ich habe heute noch so viel zu tun ... Ihr werdet verstehen, dass Aeolian World mich ständig in Atem hält, und ihr habt sicher auch noch etwas vor.«

»Nein, nein, kein Problem«, sagte Rebecca, und Judith und Christian nickten. Dennoch verabschiedete sich Andrea nach einer Viertelstunde und sagte zum Schluss:

»Danke für die schönen Stunden ... So etwas erlebe ich nicht jeden Tag.«

»Es hat mich wirklich gefreut, dass du hier warst«, sagte Rebecca und fuhr fort: »Ich hoffe, dass wir uns bald wiedersehen.«

»Ganz bestimmt«, erwiderte Andrea und umarmte Judith und Rebecca. Als sie das Haus verlassen hatte, sah Rebecca vom Fenster aus, wie sie offenkundig eilig einige Nachrichten auf ihrem Smartphone ansah und beantwortete, bevor sie ihren Wagen bestieg, den sie am Straßenrand abgestellt hatte.

Nachdem Andrea weggefahren war, sagte Rebecca zu Judith:

»Es war schön, dass du Andrea mitgebracht hast.«

»Ich wusste, dass du dich gut mit ihr verstehen würdest«, entgegnete ihre Schwester. »Andrea hat eine ziemlich spezielle Persönlichkeit ... Sie ist sehr von Aeolian World überzeugt. Dieses Projekt ist mittlerweile ihr einziger Lebensinhalt.«

»Sie wirkt aber manchmal auch wie eine Getriebene, die unter einem unglaublich großen Druck steht«, sagte Christian.

»Da hast du recht ... Das ganze Vorhaben ist natürlich sehr riskant, auch wenn sie die Gefahren ignoriert oder vielleicht wirklich glaubt, dass es sie nicht gibt«, antwortete Judith und fuhr fort: »Allerdings spielen sicher auch ihre Kindheits- und Jugenderlebnisse eine Rolle ... Zwischen ihren Eltern gab es wohl schon immer heftige Auseinandersetzungen, und sie sind mittlerweile geschieden. Andreas Verhältnis zu ihren Eltern und ihre ganze Kindheit und Jugend müssen sehr schwierig gewesen sein ... Kurz nach dem Ende der Schulzeit hatte sie dann eine offenbar beinahe traumatische Beziehung zu einem jungen Mann namens Thomas, über die sie nur sehr ungern spricht und mit der für sie zutiefst verletzende, demütigende Erinnerungen verbunden sein müssen. Er war wohl sehr dominant, und Andrea scheint beinahe erleichtert gewesen zu sein, als er schließlich bei einem Autounfall umkam ... Danach war Aeolian World für sie eine Art Rettungsanker, etwas, was ihr Halt gibt.«

»Ich hoffe für sie, dass das Ganze ein Erfolg wird«, sagte Rebecca.

»Ich auch«, entgegnete Judith und fuhr fort: »Ich werde mit ihr in Kontakt bleiben, und ich glaube, dass auch ihr sie wiedersehen werdet, auch wenn sich für sie alles um Aeolian World dreht.«

»Wir können sie aufgrund unserer eigenen Lebensgeschichte ganz gut verstehen«, sagte Christian.

»Das stimmt, und das hat sie sicher auch gespürt«, erwiderte Rebecca.

»Diesen Eindruck hatte ich auch«, sagte Judith, bevor sie sich kurz darauf von Rebecca und Christian verabschiedete, weil ihr Nachtdienst im Krankenhaus wenige Stunden später begann.

Am nächsten Wochenende, an einem Sonntag im August, machten Rebecca und Christian einen Ausflug in den Hunsrück, wo sie von einem Waldparkplatz aus zu einem Aussichtsturm liefen, von dem aus sich an dem sonnigen Hochsommertag ein weiter Blick über das Hügelland und das Rheintal bot.

»Es ist so schön hier, so still und ruhig. Man hört nur das Rauschen des Windes und das Zwitschern der Vögel«, sagte Rebecca.

»Ja ...«, antwortete Christian und legte einen Arm um Rebeccas Schulter.

Nach einer Weile sagte Rebecca:

»Die vielen Windräder erinnern mich an Andrea.«

»Mich auch«, antwortete Christian. »Wie du habe ich das Gefühl, dass sich hinter ihrer Begeisterung für Aeolian World eine tragische Geschichte verbirgt.«

»Ja. Ich hoffe wirklich, dass sie recht behält ... Sie ist nach außen hin sehr optimistisch und glaubt vielleicht tatsächlich, mit Hilfe ihrer Modelle die Zukunft vorhersagen zu können.«

»Ja, aber natürlich lassen sich zukünftige Entwicklungen kaum zuverlässig voraussehen. Das gilt

16

schon für Aktienkurse und noch umso mehr für andere Bereiche. Es hat in den letzten Jahrzehnten so viele Kriege und Wirtschaftskrisen gegeben, von denen nur wenige längere Zeit vorher etwas geahnt haben.«

»Richtig. Vielleicht hat künstliche Intelligenz die Chancen verbessert, aber sie ist sicher nicht unfehlbar.«

»Eben. Unfehlbar ist gar nichts. Diese Erfahrung haben auch wir schon gemacht ...«

»Allerdings«, erwiderte Rebecca und fuhr fort: »Außerdem sind Menschen nicht nur Algorithmen, sondern Lebewesen aus Fleisch und Blut mit vielen Bedürfnissen und leider auch mit starken Aggressionen. Allein deshalb lässt sich menschliches Verhalten kaum zuverlässig prognostizieren.«

»Genau ... Wir haben nicht nur Gefühle, sondern auch ein Bewusstsein und ein Unterbewusstes mit allem, was sich darin verbirgt. Natürlich hast du recht ... All das macht es fast unmöglich, genau vorauszusehen, wie Menschen sich verhalten werden.«. Rebecca nickte, bevor Christian fortfuhr: »Und wir haben auch einen starken Wunsch, einander nahe zu sein«. »Stimmt«, erwiderte Rebecca, und die beiden umarmten sich lange.

Anschließend wanderten sie mehrere Stunden durch die Wälder der Umgebung und kehrten in der Dämmerung zu dem Aussichtsturm zurück. Während die ersten Sterne am Himmel erschienen, blickten Rebecca und Christian über die Ebenen Rheinhessens, in denen die Lichter von Dörfern und Städten sichtbar wurden.

»In solchen Augenblicken spüre ich immer wieder, dass wir Teil einer Welt sind, die sich nicht auf das Materielle beschränkt«, sagte Rebecca.

»Ja, eine Art Nirwana, wie Andrea es formuliert hat ...

Auch das ist ein Gefühl, das künstlicher Intelligenz fremd ist.«

»Stimmt ... Ich hoffe, dass auch Andrea irgendwie Ruhe und Erlösung finden wird, selbst wenn Aeolian World scheitern sollte.«

»Ich auch«, antwortete Christian, bevor sie kurz darauf nach Frankfurt zurückkehrten.

In den kommenden Wochen lasen Rebecca und Christian im Internet öfter und öfter Berichte über die Entwicklung von Aeolian World. In der Tat investierten immer mehr Anleger in das junge Unternehmen, das versprach, in Kürze mit dem Bau der ersten Windparks zu beginnen und schon bald den ersten Strom liefern zu können. Als Aeolian World zu einer börsennotierten Aktiengesellschaft wurde, nahmen die Medien großen Anteil an diesem Ereignis und priesen das Projekt als mutigen Schritt in eine bessere, nachhaltigere Zukunft für den ganzen Planeten. Auch sagten viele Analysten aufgrund neuer, optimierter Modelle voraus, dass Anleger gerade von der Entwicklung dieses Unternehmens stark profitieren würden, so dass sich der Aktienkurs von Aeolian World innerhalb weniger Tage verdoppelte und in den folgenden Wochen weiter steil stieg, vor allem nachdem die Unternehmensleitung angekündigt hatte, dass schon in wenigen Monaten mit der Errichtung der ersten Windkraftanlagen in Saudi-Arabien und vor der Küste Nordafrikas begonnen werden solle.

Eines Tages im Oktober sagte Rebecca zu Christian:

»Der Aktienkurs von Aeolian World steigt und steigt, und schon bald sollen die ersten Windparks gebaut werden ... Bis jetzt scheint es, dass Andreas Erwartungen sich erfüllen.«

»Ich hoffe es für sie«, antwortete Christian. »Freilich schießen bei vielen Neugründungen dieser Art die Aktienkurse am Anfang in die Höhe, und am Ende erweist sich dann doch urplötzlich alles als fauler Zauber ... Ich will nicht zu pessimistisch sein, aber Aeolian World hat bis jetzt noch kein einziges Windrad gebaut, und niemand weiß, ob dieses ehrgeizige Projekt wirklich funktioniert. Alles hängt von so vielen wirtschaftlichen und politischen Faktoren ab, und es reicht, wenn irgendwo etwas schiefgeht und etwa unerwartet ein Krieg oder eine Wirtschaftskrise ausbricht. Die politische Entwicklung in Saudi-Arabien und Nordafrika zum Beispiel gefällt mir überhaupt nicht ... Wer weiß, was dort in nächster Zeit geschehen wird?«

»Ich verstehe, was du meinst«, sagte Rebecca und fuhr nach einem Augenblick fort: »Judith hat mir übrigens vor einer Stunde eine Nachricht geschickt. Sie hat heute zum ersten Mal seit längerer Zeit wieder von Andrea gehört. Sie ist offenbar sehr optimistisch, und sie hat uns und Judith eingeladen, sie bei sich zu Hause zu besuchen.«

»Das freut mich. Unser Besuch wird Andrea sicher auch guttun. Sie kann wahrscheinlich sonst kaum an etwas anderes denken als an Aeolian World«, antwortete Christian, und Rebecca nickte zustimmend.

Tatsächlich fuhren Rebecca, Christian und Judith zwei Wochen später, an einem Sonntagnachmittag Anfang November, nach Bad Homburg, wo Andrea in einem luxuriösen Penthouse lebte.

Nachdem sie die drei begrüßt hatte, zeigte Andrea ihnen ihr mit prachtvollen dunkelgrauen Marmorfußböden und edlen Designermöbeln ausgestattetes Domizil, bevor sie auf die Terrasse traten, von der aus sich ein schöner Ausblick über Frankfurt und die Hügel des Taunus eröffnete, der allerdings im Licht der langsam untergehenden Sonne durch die ersten Herbstnebel getrübt wurde.

Als Andrea und ihre Besucher kurz darauf im Wohnzimmer saßen, sprachen sie bald über Aeolian World, und Andrea sagte:

»Mit unserem Unternehmen kann ich einen Beitrag zur Zukunft der Menschheit leisten und mithelfen, die Erde vor katastrophaler Umweltzerstörung und den Folgen des Klimawandels zu bewahren. Deshalb habe ich auch, im Unterschied zu anderen Großanlegern, fast mein ganzes Vermögen in dieses Projekt investiert. Es gibt meinem Leben einen Sinn, der weit über mich selbst hinausgeht ... Und auch finanziell wird Aeolian World ein großer Erfolg werden. Dann wird mein Vater mir endlich glauben, dass ich das Zeug zur erfolgreichen Unternehmerin habe.«

»Das hast du ganz sicher«, sagte Rebecca und fuhr fort: »Ihr wollt bald mit dem Bau der ersten Windparks beginnen ...«

»Ja«, antwortete Andrea. »Nach einer kurzen Verzögerung soll es im Februar in Saudi-Arabien losgehen. Wir mussten noch in Verhandlungen ein paar letzte Hürden überwinden, aber jetzt ist es so weit.«

»Das freut mich für dich«, sagte Judith.

»Ja, ich kann es natürlich kaum erwarten«, erwiderte Andrea.

»Das glaube ich. Aeolian World hat für dich ja in jeder Hinsicht eine unglaubliche Bedeutung ...«, sagte Christian und fragte nach einem Augenblick: »Wie viele Anleger sind an eurem Projekt beteiligt?«

»Mehrere große Fonds, einige sehr vermögende Investoren, die wie ich große Summen in unser Unternehmen gesteckt haben, und Tausende von kleinen Leuten, die nicht nur Geld verdienen, sondern auch zu einer besseren Zukunft beitragen wollen. Bis jetzt war unser Vorhaben für alle ein Gewinn. Der Börsenwert hat sich innerhalb kurzer Zeit mehr als verdreifacht und am Freitag 200 Milliarden Dollar erreicht ... Ich hoffe, dass uns nicht noch irgendetwas einen Strich durch die Rechnung macht ... Aber unsere Modelle zeigen, dass damit nicht zu rechnen ist«, antwortete Andrea.

»Ganz bestimmt nicht«, sagte Christian, während Rebecca einmal mehr spürte, wie sehr Andrea von nagendem Zweifel erfüllt schien, obwohl sie alles tat, um dieses Gefühl zu verbergen. Nach einer kurzen Pause fragte Andrea Rebecca:

»Was machen die Beethoven-Sonaten?«

»Es ist erstaunlich, dass du dich noch daran erinnerst«, antwortete Rebecca. »Sie sind natürlich kein so großes Projekt wie Aeolian World ... Aber ich mache Fortschritte. Vor einer Woche habe ich das erste von insgesamt zehn Konzerten gegeben.«

»Es war sicher ein großer Erfolg«, sagte Andrea

»Ja, das kann man so sagen«, erwiderte Christian. Rebecca lachte, sah ihn kurz an und sagte:

»Du bist mal wieder etwas zu überschwänglich ...«

»Das muss aber manchmal sein«, antwortete Christian mit einem Lächeln.

»Stimmt«, sagte Judith, bevor Andrea fortfuhr:

»Ich beneide dich darum ... Ich würde gerne in deiner Haut stecken.«

Rebecca errötete unmerklich und sagte: »Danke ... Wir haben ohnehin alle so manches gemeinsam.«

»Ja, sicher ...«, erwiderte Andrea.

21

Wenig später aßen die vier zu Abend, und nach zwei weiteren Stunden verabschiedeten sich Judith, Rebecca und Christian von Andrea. Bevor sie Andreas Penthouse verließen, bemerkte Rebecca eine etwa 40 Zentimeter hohe kleine Standuhr in einem von Andreas Bücherregalen, die in ihr sofort Erinnerungen an das Pendel im Pariser Pantheon weckte.

»Die kleine Uhr gefällt mir«, sagte sie

»Mir auch ... Das Pendel symbolisiert in meinen Augen das unaufhaltsame Fortschreiten der Zeit hin zu einem Ziel, das wir alle nicht kennen«, antwortete Andrea.

»Mir geht es ähnlich«, sagte Rebecca und fügte hinzu: »Es wäre schön wenn wir uns bald wiedersehen würden.«

»Ja. Aber dieses Mal wird es hoffentlich nicht so lange dauern«, entgegnete Andrea und umarmte Rebecca und Judith zum Abschied.

Einige Wochen nach ihrem Besuch bei Andrea freilich lasen Rebecca und Christian die ersten Berichte über einen bevorstehenden Bürgerkrieg in Saudi-Arabien und drohende Kriege in Nordafrika.

»Das bedeutet nichts Gutes für Andrea und Aeolian World«, sagte Rebecca zu Christian.

»Leider nein. Es ist zu befürchten, dass in Saudi-Arabien bald ein Bürgerkrieg ausbrechen wird, der Auswirkungen auf die gesamte arabische Welt haben könnte. Da gerade Saudi-Arabien und Nordafrika von entscheidender Bedeutung für Aeolian World sind, kann das schlimmstenfalls das Ende dieses Projekts bedeuten. Investoren werden unter diesen Umständen schnell nervös, der Aktienkurs stürzt ab, und das Unternehmen bekommt keine Kredite mehr, auf die Aeolian World gerade

22

jetzt vermutlich dringend angewiesen ist«, antwortete Christian.

»Für Andrea könnte das heißen, dass sie dann vielleicht ihr ganzes Vermögen verliert. Als ob das nicht schon schlimm genug wäre, würde es für sie auch eine unvorstellbare persönliche Katastrophe mit sich bringen.«

»Ja, leider ist es so. Mit einem solchen Unternehmen ist ein großes Risiko verbunden, auch wenn Andrea und andere glauben, die Zukunft verlässlich voraussagen zu können ... Jetzt liegt alles in der Hand des Schicksals.«

Als alle Zeitungen und Nachrichtensendungen wenige Tage später über den Ausbruch eines Bürgerkriegs in Saudi-Arabien und weiterer Kriege und Bürgerkriege in Nordafrika berichteten, sahen Rebecca und Christian im Internet, wie der Aktienkurs von Aeolian World steil abstürzte und wie das Unternehmen innerhalb von 48 Stunden drei Viertel seines Börsenwertes verlor. Gleichzeitig stiegen die Öl- und Gaspreise immer rascher, und es gab erste Gerüchte über drohende Leitzinsanhebungen der Zentralbanken, die nach Einschätzung von Analysten große Anstrengungen würden unternehmen müssen, um zu verhindern, dass die ohnehin hohen Inflationsraten außer Kontrolle gerieten.

Nur kurz darauf lasen Rebecca und Christian von weiteren dramatischen Kursverlusten der Aktie von Aeolian World und bemerkten, dass die Börsenbewertung des Unternehmens mittlerweile fast auf null gesunken war.

»Die Anleger geraten in Panik und ziehen ihr Geld ab, und die Banken wollen keine Kredite mehr geben«, sagte Christian. »All diese Entwicklungen sind wie ein Teufelskreis, aus dem es wahrscheinlich kein Entrinnen mehr gibt ... Hast du eine Nachricht von Judith bekommen? Vielleicht hat sie von Andrea gehört.«

»Ja. Judith hat mir vor einer Stunde geschrieben. Ihr Dienst in der Uniklinik hält sie Tag und Nacht in Atem ... Von Andrea hat sie noch keine Neuigkeiten. Sie macht sich aber große Sorgen um sie«, erwiderte Rebecca.

»Ja, natürlich ... Für sie bricht eine Welt zusammen ... Judith ist eine der wenigen, mit denen sie regelmäßig Kontakt hat.«

»Genau. Einen festen Partner hat sie seit der traumatischen Beziehung vor einigen Jahren nicht, nur ab und zu ein paar lose Männerbekanntschaften, die aber nie lange Bestand haben.«

»Dadurch wird ihre Lage sicher noch schlimmer.«

»Ja, leider ... Vielleicht wird Judith bald herausfinden können, wie es ihr geht.«

»Das wäre schön. Leider können wir nicht viel mehr tun, als ihr ein wenig Trost anzubieten«, sagte Christian, und Rebecca nickte.

Drei Wochen später erhielt Judith eine Nachricht von Andrea, in der sich trotz ihrer Kürze Andreas tiefe Verzweiflung widerspiegelte. Judith lud sie ein, sie zu Hause zu besuchen, und so trafen sich Judith, Rebecca, Christian und Andrea Mitte Dezember in Judiths Wohnung im Westen Frankfurts, kurz nachdem Rebecca und Christian gelesen hatten, dass wütende Kleinanleger sich betrogen fühlten und dass mehrere Staatsanwaltschaften weltweit Ermittlungsverfahren gegen die Verantwortlichen von Aeolian World eingeleitet hätten, weil es Anhaltspunkte für Unregelmäßigkeiten gebe, wobei in manchen Berichten auch Andreas Name genannt wurde.

Als Rebecca und Christian an dem trüben Wintertag

24

Judiths Dreizimmer-Dachgeschosswohnung in einem achtstöckigen Haus in Frankfurt-Rödelheim erreichten, erfuhren sie von Judith, dass Andrea etwas später kommen werde und wahrscheinlich wegen dringender Termine auch nicht viel Zeit mit ihnen werde verbringen können.

»Sie musste noch ein wichtiges Gespräch mit einer Anwältin führen, in dem es um die Ermittlungsverfahren geht. Ihr habt wahrscheinlich schon davon gelesen«, sagte Judith.

»Ja«, antwortete Rebecca. »Das ist ein weiterer schwerer Schlag für Andrea. Dabei bin ich sicher, dass sie in keine kriminellen Aktivitäten verwickelt war.«

»Nein, ganz bestimmt nicht. Das würde nicht zu ihr passen. Ich hoffe, dass sie das Ganze irgendwie verkraftet«, sagte Christian.

»Die Situation ist unglaublich schwierig für sie. Wir werden sehen, wie es weitergeht«, erwiderte Judith.

In diesem Augenblick klingelte es, und knapp eine Minute später stand Andrea vor Judiths Wohnungstür.

Die drei erschraken zutiefst, als sie sie sahen. Ihre Erscheinung wirkte noch immer sehr gepflegt, konnte aber trotz aller Anstrengung, die Andrea auf sie verwendete, ihre innere Qual nicht verbergen. Sie trug ein schwarzes, tailliertes Kleid, das einen scharfen Kontrast zu ihrem hellen Gesicht bildete und es leichenblass erscheinen ließ. Obwohl Andrea sorgfältig dezentes Makeup aufgetragen hatte, waren ihre Augen von bläulichen Ringen umgeben, in denen sich, ebenso wie in ihrem matten, beinahe teilnahmslosen Blick, die Erschöpfung und Verzweiflung zahlloser schlafloser Nächte zeigten.

Während des Essens, das Judith an ihrem freien Tag zubereitet hatte, konnte Andrea nur wenig zu sich nehmen, obwohl sie sich erkennbar größte Mühe gab.

Danach sagte sie:

»Vielen Dank für das Abendessen und die Einladung. Sie sind ein kleiner Lichtblick in meiner düsteren Lage.«

Nachdem Judith, Rebecca und Christian es bis dahin vermieden hatten, über die Katastrophe von Aeolian World zu sprechen, spürten die drei, dass die Zeit dafür gekommen war, und Judith sagte:

»Wir haben gelesen, was geschehen ist, und haben ständig an dich gedacht.«

Andrea unterdrückte nur mühsam ihre Tränen und antwortete:

»Es ist eine unfassbare Katastrophe. Ich weiß nicht, wie es jetzt noch weitergehen soll für mich, für Aeolian World und für die vielen Leute, die damit zu tun haben und für die ich mitverantwortlich bin ... Ich war wirklich felsenfest davon überzeugt, dass die Bedingungen für unser Unternehmen optimal waren ... Unsere Modelle und Berechnungen haben gezeigt, dass die wirtschaftlichen und politischen Gefahren beherrschbar waren ... Ein gewisses Risiko lässt sich natürlich nie völlig ausschließen, aber dass wir uns so irren würden, hätte ich nie für möglich gehalten.«

»Wir hoffen für dich, dass es doch noch irgendeine Möglichkeit gibt«, sagte Judith.

»Ehrlich gesagt, ich glaube es nicht«, erwiderte Andrea mit leiser Stimme und einem Gesichtsausdruck, in dem sich all ihre Mutlosigkeit widerspiegelte. »Alle Banken und Anleger haben Aeolian World den Rücken gekehrt. Medien und Politiker, die uns vorher über den grünen Klee gelobt haben, sind jetzt voller Hass und Häme ... Alle sprechen von Betrug und von den rücksichtslosen

Machenschaften skrupelloser Milliardäre ... Dabei habe ich mir wirklich nichts zuschulden kommen lassen.«

»Daran haben wir nicht die geringsten Zweifel«, sagte Judith, bevor Andrea fortfuhr:

»Ich hatte gehofft, dass ich endlich in der Lage sein würde, etwas für andere und für die Welt zu tun und dass ich auch geschäftlich erfolgreich sein würde und meinen Vater davon würde überzeugen können, dass ich keine Versagerin bin, wie er es mir oft vorgeworfen hat, weil ich keine so außergewöhnliche Karriere gemacht habe wie er in seiner Jugend ... Aeolian World war ein letzter Strohhalm für mich, an den ich mich geklammert habe ... Meine Mutter hat mich von Anfang an gehasst, und mein Vater ... Auch er hat mich eigentlich immer verachtet und geahnt, dass ich sein Erbe eines Tages vernichten würde, obwohl ich an ihm gehangen habe und immer alles getan habe, um die Ziele zu erreichen, die er mir gesetzt hat. Nach dem Examen hat er mir dann eine Milliarde Euro vermacht, damit ich eine Chance bekam, mich als Unternehmerin zu bewähren, wie er es nannte. Für ihn war es nur ein kleiner Bruchteil seines Vermögens, und er hat eigentlich damit gerechnet, dass ich scheitern würde. Jetzt, wo es mit Aeolian World zu Ende geht, fühlt er sich bestätigt und hat mir in den letzten Tagen auch mehrmals deutlich zu verstehen gegeben, was er von mir hält ... Obwohl ich sein einziges Kind bin, setzt er jetzt alles daran, zu verhindern, dass ich eines Tages sein Vermögen erbe, weil ich bewiesen habe, dass ich zu nichts zu gebrauchen bin ... Nach dem Ende der Beziehung mit meinem Freund Thomas, von dem ich Judith schon erzählt habe, habe ich all meine Energie und meine letzte Hoffnung in unser Unternehmen gesetzt ... Thomas hat mich genauso verachtet, wie meine

27

Eltern es getan haben, und auch keinen Hehl daraus gemacht, schon bevor wir uns zusammengetan haben, als wir beide im zweiten Semester waren. Trotzdem konnte ich mich emotional nicht von ihm trennen, egal was er mir angetan hat. Ich hing einfach zu sehr an ihm. Es war wie eine Sucht ... Als wir zusammengelebt haben, hat er mich nicht nur verbal gequält, sondern mich auch öfter grün und blau geschlagen, freilich immer so, dass man es im Alltag nicht so ohne weiteres gesehen hat. Hinterher musste ich dann immer sorgfältig darauf achten, dass niemand die Striemen und blauen Flecken bemerkt hat ... Aber meinen Eltern war all das ohnehin gleichgültig ... Mein Vater und nicht zuletzt auch meine Mutter haben ihn bewundert, obwohl er kein besonders guter Student war und sein Mathematikstudium schließlich sogar kurz vor dem Examen abgebrochen hat. In ihren Augen war er hart, männlich und willensstark, so, wie sie sich einen Sohn gewünscht hätten, und kein weicher, verletzlicher Schwächling wie ich ... Und ich ...«, sagte Andrea und brach in Tränen aus. „Ich habe Thomas' Schläge und all die Demütigungen in gewisser Weise sogar als lustvoll erlebt und als gerechte Bestrafung empfunden, obwohl ich ihn gleichzeitig zutiefst gehasst habe. Als er schließlich vor knapp zwei Jahren einen tödlichen Verkehrsunfall hatte, habe ich aufgeatmet, aber trotzdem lange um ihn getrauert ... Er war der einzige Mensch, den ich hatte ... Danach kam dann Aeolian World... Und jetzt ... jetzt ist alles zu Ende«, sagte Andrea und weinte hemmungslos.

»Ich sollte mich nicht so gehenlassen«, sagte sie nach einiger Zeit und versuchte sich zu beruhigen.

»Manchmal ist es das einzig Richtige, seinen Gefühlen freien Lauf zu lassen«, antwortete Judith und umarmte Andrea lange, um ihr ein wenig Trost zu spenden.

»Es geht immer irgendwie weiter, auch wenn man zunächst nicht weiß, wie ...«, sagte Rebecca.

»Danke«, erwiderte Andrea. »Aber leider habe ich keine Ahnung, was ich tun könnte ... Ich weiß einfach nicht weiter.«

»Vielleicht fällt uns etwas ein ...«, sagte Christian.

»Das wäre schön«, entgegnete Andrea. »Aber ich glaube, es gibt nichts mehr, was mir noch helfen könnte.«

»So darfst du nicht denken«, sagte Judith und legte einen Arm um ihre Schulter.

Als Andrea äußerlich ein wenig ruhiger geworden war, sagte sie:

»Ich muss furchtbar aussehen nach all der Heulerei ... Kann ich mir bei euch das Gesicht waschen?«

»Ja, selbstverständlich«, erwiderte Judith. »Du weißt, wo das Bad ist, und du kannst natürlich auch mein Makeup benutzen, wenn du willst.«

»Danke«, sagte Andrea. »Das ist sehr nett von dir.«

Nachdem Andrea ins Bad gegangen war, saßen die drei schweigend am Tisch, bevor Judith sagte: »Mein Gott, es ist noch schlimmer, als ich es erwartet hatte.«

»Das stimmt«, antwortete Rebecca entsetzt, und Christian nickte.

Als Andrea eine Viertelstunde später wiederkam, sagte sie:

»Ich hoffe, dass man jetzt wenigstens nicht mehr allzu viel sieht.«

»Nein, nein ... Du siehst ziemlich gut aus«, entgegnete Judith und versuchte, ihre Erschütterung so weit wie möglich zu verbergen.

»Es hat mir gutgetan, mich wenigstens ein bisschen auszuweinen. Ich hoffe, dass ich euch mit meiner Lebensgeschichte und meinen Klagen nicht allzu sehr genervt habe«, sagte Andrea.

»Nein, keineswegs«, antwortete Rebecca. »Wir können dich sehr gut verstehen.«

»Danke«, sagte Andrea und fuhr fort: »Leider muss ich jetzt gehen ... In gut einer halben Stunde habe ich eine Videokonferenz mit meinen Anwälten, zu der ich auf gar keinen Fall zu spät kommen darf.«

»Melde dich bald wieder ... Du weißt, dass du jederzeit zu mir kommen kannst«, sagte Judith zum Abschied und umarmte sie.

»Das ist sehr lieb von dir«, entgegnete Andrea mit Tränen in den Augen, bevor sie sich rasch umdrehte und schnell die Treppe hinunterlief, während sie Judith, Rebecca und Christian ein letztes Mal kurz anblickte.

Anschließend kehrten die drei in Judiths Wohnzimmer zurück, und Rebecca sagte:

»Ich habe immer geahnt, dass sich bei Andrea hinter der Fassade einer Tochter aus vermeintlich gutem Haus eine schwierige Lebensgeschichte verbirgt, aber so etwas hätte ich mir nur schwer vorstellen können.«

»Ich auch nicht, obwohl ich sie besser kannte«, erwiderte Judith. »Sie hat mir von ihrer Familie und von manchen Problemen mit ihren Eltern berichtet, aber diesen Thomas habe ich nie kennengelernt, nicht zuletzt weil Andrea es nicht wollte und offenbar bewusst vermieden hat, dass wir uns begegnet sind. Ich wusste, dass er in ihrer Beziehung das Sagen hatte, und habe Andrea manchmal davon zu überzeugen versucht, sich nicht alles gefallen zu lassen. Als ich nach Thomas' Tod mehr Zeit mit ihr verbracht habe, ist mir klargeworden, dass diese Beziehung für sie ein Trauma war, aber das, was sie uns heute erzählt hat, hätte auch ich kaum für möglich gehalten.«

»Thomas hatte es möglicherweise auf Andreas Geld abgesehen«, sagte Christian.

»Obwohl er selbst aus einer wohlhabenden, aber nicht so reichen Familie stammte ...«, erwiderte Judith, bevor Christian fortfuhr:

»Nicht zuletzt aber war er ein grausamer Sadist, der das Gefühl der Macht genossen hat.«

»Genau«, sagte Rebecca. »Andrea hat anscheinend in dieser Beziehung den ebenfalls von starker emotionaler Gewalt geprägten Konflikt mit ihren Eltern wiederholt, in dem sie hilflos war.«

»Ja ... Sie hat einmal gesagt, dass sie in Thomas jemanden sah, der ihr in der Auseinandersetzung mit ihren Eltern beistehen und ihr helfen würde, die schwierigen Erfahrungen ihrer Kindheit und Jugend zu überwinden ... Aber letzten Endes ist sie dann doch in das Muster völliger emotionaler Abhängigkeit und Selbstaufgabe zurückgefallen, das ihre Lebensgeschichte geprägt hat«, sagte Judith.

»Und dieses Muster hat sich dann auch in ihrer Aufopferung für Aeolian World fortgesetzt«, erwiderte Christian.

»Das stimmt ... Sie hat sicher gehofft, dass Aeolian World ihr die Anerkennung einbringen würde, die sie nie erfahren hat, und sie war bereit, alles dafür zu opfern und zu riskieren«, sagte Rebecca.

»Ich hoffe, dass es für sie noch einen Ausweg gibt ... Ich glaube, dass man mit allem rechnen muss, und ich weiß nicht, was wir tun können, um sie vor dem Schlimmsten zu bewahren«, entgegnete Judith.

»Vermutlich kannst du nur versuchen, mit ihr so oft wie möglich in Kontakt zu bleiben«, sagte Rebecca.

»Ja ... Ich werde tun, was ich kann«, entgegnete Judith,

31

bevor Rebecca und Christian wenig später aufbrachen, weil Judith früh zu Bett gehen musste.

Drei Tage später erhielt Rebecca mittags einen Anruf von Judith, die sie fragte, ob sie am Abend zu ihr kommen könne.

»Natürlich«, antwortete Rebecca und fragte: »Ist irgendetwas passiert?«

»Ja, aber ich kann am Telefon nicht darüber sprechen«, entgegnete Judith.

Als sie gegen neun Uhr an Rebeccas und Christians Wohnungstür klingelte, warteten beide ängstlich und gespannt darauf, zu hören, was sich ereignet hatte, obwohl sie schon eine vage Ahnung hatten.

Judith wirkte bedrückt, als sie wenig später sagte:

»Um es kurz zu machen ... Andrea hat heute Morgen versucht, sich zu erhängen. Sie hatte das große Glück, dass ihre Putzfrau früher da war als sonst und sie sofort danach gefunden hat. Wenn sie nur wenig später gekommen wäre, hätte Andrea nicht überlebt.«

»Das sind keine guten Nachrichten. Sie tut mir unendlich leid ... Wir haben uns natürlich immer wieder gefragt, was aus ihr werden würde. Es ist furchtbar, dass es so weit kommen musste«, antwortete Rebecca und fuhr nach einem Augenblick fort: »Und jetzt ist sie vermutlich bei euch in der Uniklinik ...«

»Ja, so ist es ... Derzeit liegt sie noch auf der Notfallstation, aber morgen früh wird sie höchstwahrscheinlich verlegt, und dann werde ich hoffentlich kurz mit ihr sprechen können«, antwortete Judith und fuhr fort: »Ich habe ihr immer wieder Nachrichten geschickt, aber seit gestern Abend keine Antwort mehr bekommen.«

Rebecca nickte, während Christian sagte:

»Wir haben gestern gelesen, dass Aeolian World Insolvenz anmelden musste und dass Anleger hohe Geldforderungen erheben. Das hat Andreas Lage wohl noch zusätzlich verschlimmert.«

»Ja, leider«, sagte Judith. »Auf jeden Fall ist sie jetzt bei uns in Sicherheit ... Morgen werden wir mehr wissen. Wenn ihr wollt, kann ich morgen nach dem Dienst wieder kurz zu euch kommen und euch erzählen, wie es Andrea geht.«

»Das solltest du auf jeden Fall tun«, antwortete Rebecca, und Christian nickte zustimmend.

Am Abend des nächsten Tages kam Judith, wie versprochen, zu Rebecca und Christian und berichtete ihnen von Andrea:

»Sie ist jetzt in der psychiatrischen Klinik, und es geht ihr, den Umständen entsprechend, halbwegs gut. Eine positive Nachricht ist, dass ihr Gehirn durch den kurzzeitigen Sauerstoffmangel keinen Schaden erlitten hat, so dass sie später wieder ein normales Leben wird führen können ... Ich konnte auch schon kurz mit ihr sprechen. Sie hat sich sehr darüber gefreut, mich zu sehen, und hat mich gebeten, euch einen herzlichen Gruß auszurichten.«

»Vielen Dank«, erwiderte Rebecca. »Sag ihr, dass wir in unseren Gedanken immer bei ihr sind.«

»Ich glaube, das wird ihr helfen ... wenigstens ein bisschen.«

»Wahrscheinlich wird sie einige Zeit in der Klinik bleiben müssen«, sagte Rebecca.

»Ja, vermutlich zunächst etwa eine Woche. Danach werden wir sehen, wie es weitergeht ... Derzeit kümmert sich ein erfahrener Psychiater intensiv um sie, und sie bekommt Beruhigungsmittel.«

»Ich hoffe, dass sie jetzt wenigstens das Schlimmste überstanden hat«, sagte Christian nach einem Augenblick.

»Ich glaube, danach sieht es aus. Freilich wird es noch sehr lange dauern, bis wirklich alles vorbei ist«, erwiderte Judith.

»Natürlich«, sagte Rebecca und bat Judith, sie auf dem Laufenden zu halten.

Als sie sich nach vier Tagen in Judiths Wohnung trafen, erzählte Judith Rebecca und Christian, dass Andrea sich auf dem Weg der Besserung befinde:

»Übermorgen wird sie in eine psychosomatische Klinik in Bad Wildbad im Nordschwarzwald verlegt, wo sie mehrere Monate bleiben wird, um sich zu erholen und ein wenig Abstand von ihrer ganzen traumatischen Lebensgeschichte zu gewinnen ... Offenkundig hat ihr Vater jetzt doch einige Gewissensbisse und etwas Mitleid mit seiner Tochter, zumal nachdem in der Klinik die grausamen Details ihrer Beziehung zu Thomas ans Licht gekommen sind. Immerhin hat er einige gute Anwälte angeheuert, die alles tun, um die Folgen der Pleite von Aeolian World von Andrea fernzuhalten.«

»Wenigstens etwas«, antwortete Rebecca.

»Ja ... Andrea hat mir versprochen, sich bei mir zu melden, wenn sie in Bad Wildbad ankommt, und auch ihr werdet bald von ihr hören«, sagte Judith.

»Das würde uns sehr freuen«, erwiderte Rebecca, und Christian nickte.

Nach einigen Augenblicken fuhr Rebecca fort:

»Ich bin wirklich froh, dass Andrea in Sicherheit ist und dass es ihr ein wenig besser geht ... Es ist eine tragische Geschichte von emotionaler Abhängigkeit, tiefen seelischen Verletzungen und einem verzweifelten Glauben an Vorhersagen, die sich am Ende als falsch herausgestellt haben.«

»Ja, Andrea hat all ihre Hoffnungen auf Aeolian World und auf die mathematischen Modelle gesetzt, die mit angeblich absoluter Sicherheit einen Erfolg vorausgesagt haben«, erwiderte Judith.

»Nur leider ist es eben unmöglich, die Zukunft vorherzusehen, und nichts ist unfehlbar, auch nicht die Wissenschaft«, sagte Christian.

»Ja ... Wir heutigen Menschen vertrauen sehr auf die Wissenschaft, und in der Regel natürlich zu Recht. Aber es gibt eben auch Fälle, in denen dieses Vertrauen missbraucht wird und in denen Erwartungen zum Beispiel an vermeintlich zuverlässige Prognosen geweckt werden, die uns in die Irre führen«, antwortete Rebecca.

»Das stimmt«, sagte Christian. »In diesen Fällen wird das Vertrauen in die Wissenschaft zu einem Glauben, dem die Leute anhängen, wie die Menschen in der Vergangenheit an alles Mögliche geglaubt haben, zum Beispiel an den Antichrist und den bevorstehenden Weltuntergang.«

»So war es wohl auch in diesem Fall ... Jetzt, wo viele Leute sehr viel Geld verloren haben, stellen sich immer mehr Menschen die Frage, ob sie nicht falschen Versprechungen nachgelaufen sind ... Andrea war dafür leider aufgrund ihrer schlimmen Lebensgeschichte besonders empfänglich«, entgegnete Judith.

In diesem Moment entdeckte Rebecca eine kleine Standuhr in Judiths Bücherregal und sagte:

»Es ist das erste Mal, dass ich diese Uhr bei dir sehe. Sie sieht fast genauso aus wie die kleine Standuhr in einem von Andreas Regalen ... Jedenfalls gefällt sie mir.«

»Mir hat Andreas Uhr auch gefallen, und vor ein paar Tagen habe ich dann in einem Laden zufällig diese Uhr gesehen und sie sofort gekauft«, erwiderte Judith.

»Sie erinnert mich an das Foucaultsche Pendel in Paris und an das, was Andrea damals bei unserem Besuch gesagt hat: ›Das Pendel symbolisiert das unaufhaltsame Fortschreiten der Zeit hin zu einem Ziel, das wir alle nicht kennen.‹ ... Ich hoffe für Andrea, dass die nächsten Wochen und Monate für sie einen Schritt in eine bessere Zukunft bringen«, sagte Rebecca.

»Ich würde es ihr sehr gönnen«, antwortete Judith, während die drei das Pendel der kleinen Uhr beobachteten, das sich langsam im stets gleichen Rhythmus hin- und herbewegte.

Chomolungma

Und der vierte Engel goss aus seine Schale über die Sonne, und es wurde ihr Macht gegeben, die Menschen zu versengen mit Feuer. Und die Menschen wurden versengt von der großen Hitze ... und bekehrten sich nicht ... (Offenbarung, 16, 8/9)

EINE LETZTE WARNUNG

Während ihr dieses Flugblatt lest, rückt das Ende unaufhaltsam näher und mit ihm die gerechte Strafe für die Menschheit und vor allem für die Bewohner des Westens, die über Jahrtausende hinweg Raubbau an der Natur betrieben und andere Völker rücksichtslos ausgebeutet haben. Jedoch droht mit den Menschen, die wie ein Parasit die Erde aussaugen, auch unser Planet selbst unterzugehen und in diesem letzten Strafgericht vernichtet zu werden. Nur wenn wir bedingungslos umkehren und den von uns allein verursachten Wandel des Klimas beenden, können wir dieses Schicksal, unsere eigene Vernichtung und die Zerstörung der Erde, noch abwenden. Diese Revolution darf keine Rücksicht nehmen auf uns, unsere Bedürfnisse, unsere Gefühle und auf unser Leben. Wenn sie gelingt, werden einige Wenige im Einklang mit der Natur ein Reich des Friedens und der Gerechtigkeit errichten und damit für die Todsünden der Menschheit Buße tun. Dafür aber müssen wir bereit

37

sein, jedes Opfer zu bringen, auch das Opfer unseres eigenen Lebens. Wir, die Unbedingten, werden auf diesem Weg vorangehen und in naher Zukunft Zeichen setzen, die die Menschen aus ihrer Gleichgültigkeit reißen und ihr Gewissen wachrütteln werden, damit auch der Letzte den Ernst der Lage und unsere Entschlossenheit begreift.

Ihr werdet von uns hören!

DIE UNBEDINGTEN

Rebecca legte das Flugblatt beiseite, während ihr Freund Christian sich rasierte und seine kurzen braunen Haare kämmte, bevor beide wenig später in der Küche ihr Frühstück zubereiteten.

»Ich habe vorhin ein Flugblatt gelesen, das ich auf deinem Schreibtisch gefunden hatte«, sagte Rebecca.

»Diese Flugblätter stammen von einer Gruppe, die sich ›Die Unbedingten‹ nennt. Sie werden derzeit überall an der Uni verteilt«, antwortete Christian.

»Ich habe von dieser Gruppe gelesen. Weißt du Genaueres über sie?«

»Ja, ein wenig. Es ist eine radikale Organisation, die mit allen Mitteln eine völlig andere Lebensweise erzwingen will. In sozialen Netzwerken und an der Uni gibt es sogar Gerüchte über geplante Gruppenselbstmorde, mit denen die ›Unbedingten‹ Aufmerksamkeit erregen wollen. Außerdem kursieren Berichte über finanzielle Unterstützung durch reiche Einzelpersonen, Fonds und Stiftungen. Eine Studentin in meinem Seminar hat neulich von dieser Gruppe erzählt, zu der sie vielleicht sogar gehört.«

»Die Ziele dieser Organisation passen zum Thema deines Seminars ...«

38

»Ja. Zwischen chiliastischen Bewegungen des Mittelalters und heutigen radikalen Umweltschutzgruppen gibt es in der Tat erstaunliche Ähnlichkeiten.«

»Wie die Anhänger der chiliastischen Theorien meinen sie, unter Berufung auf die Wissenschaft die Zukunft vorhersehen zu können, und glauben an das bevorstehende Ende der Welt«, sagte Rebecca.

»Genau. Wie du weißt, bezieht sich der Begriff ›chiliastisch‹ auf die Offenbarung des Johannes, wo eine Herrschaft des Antichrist vorausgesagt wird, gefolgt von einem Tausendjährigen Reich der Gerechten und schließlich dem Jüngsten Gericht. Diese Bewegungen und Theorien haben in der Neuzeit viele Nachahmer gefunden, zu denen heute auch Organisationen wie ›Die Unbedingten‹ gehören«, erwiderte Christian und fuhr fort: »Übermorgen Nachmittag kommen übrigens zwei Studentinnen zu uns, die mit mir über ihre Hausarbeiten sprechen wollen. Darunter ist auch die junge Frau, die die ›Unbedingten‹ erwähnt hat ... Ich weiß es natürlich nicht genau, aber ich hatte den Eindruck, dass sie vielleicht ein Mitglied dieser Gruppe sein könnte.«

»Übermorgen habe ich keinen Unterricht an der Musikhochschule und bin wahrscheinlich den ganzen Tag zu Hause. Ich werde natürlich mit der Vorbereitung meines nächsten Konzerts beschäftigt sein, aber ich glaube, dass ich trotzdem genug Zeit habe, um einen Kuchen für euch zu backen.«

»Danke«, entgegnete Christian und umarmte Rebecca.

»Kein Problem«, sagte sie. »Du weißt ja, dass ich gerne koche und backe.«

»Ja, und zwar ganz hervorragend. Du hättest Chefköchin in einem Gourmet-Restaurant werden können.«

Rebecca lachte und antwortete: »Kochen ist eben eines meiner Hobbys. Es hat eine beruhigende und entspannende Wirkung auf mich ... Übermorgen werde ich mir für euch etwas Besonderes ausdenken.«

»Da bin ich gespannt ...«, antwortete Christian mit einem Lächeln.

Kurz darauf fuhr Rebecca fort: »Worum geht es eigentlich genau in diesen Hausarbeiten? Du hast mir schon einiges von deinem Seminar erzählt ... Es scheint da ja so einige Parallelen zu den ›Unbedingten‹ und zu manch anderem zu geben, was uns heute begegnet.«

»Stimmt ... Das Thema der einen Hausarbeit ist Joachim von Fiore und seine Schriften. Joachim von Fiore war ein Abt und Theologe, der im 12. Jahrhundert lebte und eine Geschichtstheorie entwickelt hat, in der von drei Reichen die Rede ist: dem Reich des Vaters, also des Alten Testaments, dem Reich des Sohnes, das mit Christus und dem Neuen Testament begann, und einem zukünftigen Reich des Heiligen Geistes, einer Herrschaft der Gerechten und vom Heiligen Geist Inspirierten, die Züge des himmlischen Jerusalem und des Paradieses tragen sollte. Diesem dritten Reich sollte allerdings eine Herrschaft des Antichrist vorangehen, die durch eine geistliche Führerfigur, wie etwa einen künftigen Papst, den heiligen Franziskus oder auch Kaiser Friedrich II., beendet werden sollte ... In der zweiten Hausarbeit geht es dann um das Fortwirken von Joachims Ideen in der Philosophie und Literatur der Neuzeit, etwa bei Autoren wie Marx, Engels, Ernst Bloch oder Arthur Moeller van den Bruck, einem Schriftsteller der Zeit nach dem Ersten Weltkrieg, der den Begriff ›Drittes Reich‹ auf die Politik übertragen hat, bevor ihn dann später die Nazis übernommen haben.«

»Das klingt sehr interessant. Diese Zusammenhänge kannte ich noch gar nicht ... Ich lerne eben immer wieder Neues von dir ...«

»Wie umgekehrt ja auch ich von dir«, entgegnete Christian und umarmte Rebecca. Dann fuhr er fort:

»Diese Theorien waren immer mit verschiedenen Formen der Endzeiterwartung verbunden, so wie heute eben bei radikalen Umweltbewegungen, die ebenfalls das Ende der Welt kommen sehen. Auch sie halten ihre Befürchtungen für wissenschaftlich erwiesen, genauso wie Marxisten glauben, auf wissenschaftlicher Basis die Zukunft von Gesellschaften voraussagen zu können, und ähnlich wie die Anhänger chiliastischer Theorien des Mittelalters, die ihre Ideen für religiös begründet hielten.«

»Es gibt also ziemlich deutliche Zusammenhänge zwischen der Vergangenheit und Gruppen wie den ›Unbedingten‹ ... Vielleicht können wir herausfinden, ob die Studentin in deinem Seminar wirklich etwas mit dieser Gruppe zu tun hat«, sagte Rebecca.

»Ich hoffe es natürlich nicht, aber möglich ist es. Wir werden ja sehen ...«, antwortete Christian.

»Wenn niemand etwas dagegen hat, würde ich gerne zumindest bei einem Teil eurer Unterhaltung dabei sein.«

»Natürlich solltest du dabei sein. Schließlich wirst du auch den Kuchen backen.«

»Stimmt«, antwortete Rebecca mit einem Lachen.

Zwei Tage später klingelten zwei etwa 23-jährige Studentinnen an Rebeccas und Christians Wohnungstür. Sie waren etwas größer als Rebecca und hatten dunkelbraune, schulterlange Haare und braune Augen. Beide trugen schwarze Jeans und schwarze Pullover, die sich großenteils unter schwarzen Lederjacken verbargen.

Als Rebecca die Tür öffnete, sagte eine der beiden jungen Frauen: »Mein Name ist Sabrina«, während sie ihre Locken aus dem Gesicht strich.

»Und ich bin Steffi«, sagte die zweite, die ihre glatten Haare zu einem Pferdeschwanz zusammengebunden hatte.

»Kommt herein!«, erwiderte Rebecca. »Christian hat mir schon von euch erzählt ... Ich habe übrigens einen Kuchen gebacken, den wir nach eurer Besprechung gemeinsam essen können.«

»Vielen Dank ... Damit hätten wir wirklich nicht gerechnet«, sagte Sabrina.

»Nicht der Rede wert«, entgegnete Rebecca. »Kochen und Backen sind mein Hobby.« Danach sagte sie, zu Christian gewandt:

»Ich lasse euch in Ruhe die Hausarbeiten besprechen. Danach essen wir den Kuchen und unterhalten uns ein bisschen.«

»Genau«, antwortete Christian, und Rebecca sagte: »Dann bis gleich«, während Christian mit den beiden Studentinnen in sein Arbeitszimmer ging.

Etwa eine Stunde später saßen die vier im Wohnzimmer und aßen mehrere Stücke der Schokoladencremetorte, die Rebecca am Vormittag gebacken hatte. Nachdem Rebecca ihnen von ihrem Leben als Pianistin und Dozentin an der Musikhochschule erzählt hatte, sagte sie wie zufällig:

»Ich habe neulich ein Flugblatt von einer Gruppe namens ›Die Unbedingten‹ gelesen, das Christian aus der Uni mitgebracht hatte. Wisst ihr etwas über diese Organisation?«

»Ja«, entgegnete Sabrina. »Wir sind eine Umweltschutzgruppe ... Vor allem aber kämpfen wir mit aller Entschiedenheit gegen den Klimawandel.«

»Ihr scheint Kontakte zu den ›Unbedingten‹ zu haben ...«, sagte Christian.

»Ja«, antwortete Steffi. »Wir gehören zu ihren Mitgliedern ... Wir sind es leid, dass die Politiker und die Leute immer nur reden, ohne wirklich zu handeln, obwohl das Ende der Welt kurz bevorsteht, wenn die Menschen sich nicht grundsätzlich und für immer ändern.«

»Das Weltende wurde schon oft vorausgesagt ...«, sagte Christian.

»Ja. Aber dieses Mal ist es eine wissenschaftlich erwiesene, unumstößliche Tatsache, dass es so kommen wird. Wir haben keine Zeit mehr und müssen jetzt sofort und mit äußerster Entschlossenheit handeln, ohne Rücksicht auf all das zu nehmen, was uns bisher so wichtig schien. Deshalb haben wir uns entschieden, unser gesamtes verbleibendes Leben in den Dienst dieses Kampfes zu stellen«, erwiderte Sabrina.

»Was habt ihr konkret vor?«, fragte Rebecca.

»Als erste große Aktion planen wir eine Expedition in den Himalaya, um die Menschen auf die Folgen der Erwärmung aufmerksam zu machen«, antwortete Steffi.

»Ihr habt sicher einige Erfahrung mit Touren im Hochgebirge ...«, sagte Christian.

»Ja. Wir sind beide Bergsteigerinnen und haben in den Alpen Klettererfahrung gesammelt«, erwiderte Sabrina.

Rebecca nickte und antwortete: »Wir wünschen euch alles Gute und vor allem eine sichere Rückkehr.«

»Danke«, entgegnete Sabrina. Danach hielt es Rebecca für besser, das Gespräch auf andere Themen zu lenken, und fragte Sabrina und Steffi nach ihren nächsten Seminaren und ihren beruflichen Plänen.

Als die beiden knapp eine Stunde später gegangen waren, sagte Rebecca zu Christian:

»Ich habe mich gefragt, ob ich dieses politische Thema zur Sprache bringen sollte, aber ich wollte etwas mehr über diese Gruppe und auch über Sabrina und Steffi herausfinden.«

»Ich auch«, antwortete Christian. »Ich hatte den Eindruck, dass diese Organisation und der Kampf gegen die Veränderung des Klimas ihr eigentlicher Lebensinhalt ist.«

»Das stimmt ... Sie wirken regelrecht fanatisch. Irgendwie habe ich bei den beiden ein schlechtes Gefühl. Ich werde den Gedanken nicht los, dass sie irgendetwas planen, bei dem sie ihr Leben riskieren.«

»Das ist gut möglich. Dein Gespür trügt so gut wie nie ... Ich glaube, dass wir irgendwann von ihnen hören werden.«

»Ja«, erwiderte Rebecca, während sie von einer düsteren Vorahnung befallen wurde.

Nachdem Sabrina und Steffi nach Hause zurückgekehrt waren, trafen sie dort die vier anderen jungen Frauen, mit denen sie ihre Fünfzimmerwohnung in Frankfurt-Rödelheim teilten: Ulrike und Claudia, die beide 23 Jahre alt waren und wie Sabrina und Steffi Anglistik und Geschichte studierten, sowie Barbara und Michaela, die kurz vor dem Examen in Politikwissenschaft standen und etwa drei Jahre älter waren.

Sabrina umarmte Ulrike, die einige Zentimeter kleiner war als sie und ihre eher kurz geschnittenen Haare

44

schwarz gefärbt hatte. Sie trug, wie oft, einen kurzen schwarzen Rock, eine schwarze Strumpfhose und eine schwarze Lederjacke.

Claudia dagegen war ein wenig größer und hatte etwas längere blonde Haare, unterbrochen von mehreren dünnen, schwarz gefärbten Strähnen. Auch sie trug eine schwarze Lederjacke sowie schwarze Jeans und zwei Piercings in Form von kleinen Ringen in ihrer Oberlippe.

Die Einrichtung ihrer Wohnung war spartanisch und beschränkte sich auf das Nötigste. Barbara und Michaela hatten je ein eigenes kleines Zimmer, während sich Sabrina und Ulrike sowie Steffi und Claudia jeweils ein etwas geräumigeres Schlafzimmer teilten. Alle vier Räume enthielten nur einen kleinen Schreibtisch, einen Stuhl, einen schmalen Spind, ein winziges Bücherregal und eine oder zwei auf dem Boden liegende Matratzen. Auch im Wohnzimmer befanden sich lediglich ein etwas größerer Tisch, vier einfache Stühle und vier Matratzen mit einem niedrigen Kaffeetisch in der Mitte, den die sechs Studentinnen, wie alle Einrichtungsgegenstände, auf Flohmärkten erstanden hatten, wobei sie sich bewusst für die billigsten und am stärksten abgenutzten Möbelstücke entschieden hatten.

Nachdem Sabrina sich kurz das Gesicht gewaschen und ihre langen braunen Locken gekämmt hatte, rief Michaela die Mitglieder der Gruppe zusammen und bat sie, ins Wohnzimmer zu kommen.

Als alle sechs wenig später auf den Matratzen saßen, sagte Michaela, die, ähnlich wie Barbara, ziemlich groß war und ebenfalls schwarze Kleidung trug, zu ihren Mitbewohnerinnen:

»Es gibt wichtige, gute Nachrichten. Wir haben heute von der nepalesischen Regierung die Genehmigung für

45

unsere Expedition bekommen, nachdem die Stiftung die Gebühr überwiesen hatte. Auch der Zeitplan steht mittlerweile endgültig fest: Ihr werdet am 2. April nach Kathmandu fliegen und nach mehrwöchiger Akklimatisierung im Basislager voraussichtlich etwa am 15. Mai den Gipfel des Mount Everest erreichen, bevor ihr dann noch am selben Tag auf dem Südostgrat eure Aktion durchführt ... Bis dahin seid ihr, perfekt getarnt, eine kommerzielle Everest-Expedition wie viele andere. Umso größer werden dann Überraschung und Entsetzen sein, wenn die Leute sehen, was ihr wirklich vorhabt ... Neben dem Zeitplan hat uns die Stiftung jetzt auch mitgeteilt, dass Dr. Sandra Carter aus Philadelphia eure Expedition als Ärztin und Bergführerin leiten wird. Wie ihr wisst, teilt sie unsere Ziele und ist in alles eingeweiht. Nicht zuletzt aber war sie schon einmal auf dem Mount Everest, kennt sich gut aus und hat Erfahrung mit den Problemen, die in großen Höhen auftreten können. Ihr werdet, wie schon ausführlich besprochen, die Standardroute kommerzieller Expeditionen nehmen, also über den Khumbu-Eisbruch, die Lhotse-Wand und den Südostgrat zum Gipfel ... Auch das wurde von der Stiftung mittlerweile endgültig abgesegnet, ebenso wie die Begleitung durch zwei Sherpas, die die Lasten tragen werden.«

Die fünf Frauen, die Michaela zuhörten, nickten in stummer Entschlossenheit. Es war geplant, dass vier von ihnen, nämlich Ulrike, Claudia, Sabrina und Steffi, zu der Himalaya-Expedition aufbrechen würden, während Michaela und Barbara in Frankfurt die Everest-Besteigung in sozialen Netzwerken bekanntmachen und die Aufmerksamkeit der Medien und eines weltweiten Publikums auf ihren ebenso überraschenden wie erschreckenden Höhepunkt lenken würden, der als un-

46

erhörtes Fanal die Menschen erschüttern und ihrem Gewissen keine Ruhe lassen sollte.

Als Sabrina und Ulrike wenig später in ihrem Zimmer allein waren, sagte Ulrike:

»Ich bin froh, dass es bald losgeht. Wir haben nicht mehr viel Zeit, und nur Aktionen wie die unsere können jetzt noch etwas bewirken.«

»Du bist wirklich zu allem entschlossen ...«, antwortete Sabrina.

»Ja ... Das war schon seit meiner Jugend so, als ich mit dem Bergsteigen angefangen habe ... Ich habe immer bewusst die Begegnung mit dem Tod gesucht, die mich mit grausamer Unbedingtheit alle Tiefen meiner Existenz spüren lässt. So paradox es vielleicht klingt ... Ich brauche so etwas, um mein seelisches Gleichgewicht aufrechtzuerhalten.«

»Ich verstehe dich«, sagte Sabrina mit einem traurigen Lächeln. »Aber ich werde dich vermissen.«

»Denk an unsere gemeinsame Sache! Nur so hat die Erde eine Chance, zu überleben. Diese Aktion gibt meinem Leben eine Bedeutung, die weit über mich selbst hinausgeht ... Nicht nur in meiner Phantasie beschäftige ich mich schon jetzt ständig mit dem entscheidenden Moment ... Ich schaue mir zusammen mit Claudia jeden Tag Bilder des Südostgrats an und überlege mir, wo wir beide am besten abspringen und wie alles genau ablaufen soll, was wir vorher sagen und wie unser Sturz in die Tiefe die größte Wirkung erzielt.«

Sabrina nickte stumm und sah ihrer Freundin und Zimmergenossin kurz ins Gesicht.

»Natürlich sind mir unsere Ziele genauso wichtig wie dir ... Aber mir graut es vor diesem Augenblick ...«, sagte

Sabrina und fuhr nach kurzem Zögern fort: » ...des endgültigen Abschieds«.

»Es wird für uns beide nicht leicht werden ... Aber es muss sein«, antwortete Ulrike.

Wie oft wusste Sabrina nicht genau, was in diesem Moment in Ulrike vorging. Sie glaubte, hinter Ulrikes unbedingter Entschlossenheit eine heimliche Verzweiflung zu spüren, doch war sie sich dieser Wahrnehmung nicht sicher, weil Ulrike einen tiefen Kern ihrer Persönlichkeit immer vor ihr verborgen hatte, obwohl sie schon seit fast zwei Jahren zusammenlebten.

Schließlich fuhr Ulrike fort: »Ich werde in gewisser Weise immer bei dir sein«, und strich mit ihrer rechten Hand über Sabrinas Haar, um sie zu trösten.

»Danke«, antwortete Sabrina mit einem Lächeln.

»Warum arbeitest du nicht noch ein bisschen ... Das bringt dich auf andere Gedanken.«

»Ja, du hast recht ... Das hilft mir oft«, erwiderte Sabrina und begann kurz darauf, sich mit ihrer Hausarbeit zu beschäftigen, an der sie beinahe wie besessen bis in die Nacht hinein arbeitete.

Bevor sie lange nach Mitternacht einschlief, erschienen Bilder der Vergangenheit und der Zukunft vor ihrem inneren Auge: ihre Bergtouren in den Alpen, die sie gemeinsam mit Ulrike, Claudia und Steffi unternommen hatte, ihre bevorstehende Expedition zum Mount Everest und vor allem der gefürchtete Augenblick, in dem Ulrike und Claudia sich vom Südostgrat fast zweitausend Meter tief in den Abgrund stürzen würden, während Sabrina und Steffi nach Europa zurückkehren sollten. Diese Entscheidung war von der Gruppe getroffen worden, weil derzeit nur Ulrike und Claudia zum Äußersten entschlossen waren, obwohl sie eigentlich nicht über ausreichende alpinistische Erfahrung für eine Besteigung des Mount Everest verfügten, wohingegen Sabrina und Steffi schon in der Schulzeit Bergsteigen intensiv als Hobby betrieben hatten und deshalb in der Lage waren, Ulrike und Claudia zu unterstützen und damit ein mögliches Scheitern der Expedition zu verhindern. Freilich hatten auch Sabrina und Steffi keine Erfahrung mit Bergbesteigungen in so großen Höhen und fragten sich beinahe jeden Tag, ob sie eine solche Herausforderung bestehen würden.

Am nächsten Morgen standen Sabrina und Ulrike, wie üblich, um fünf Uhr auf und liefen zwölf Kilometer durch die Straßen Frankfurts, die an jenem kühlen Märztag anfangs noch beinahe verlassen wirkten. Nachdem sie in ihre Wohnung zurückgekehrt waren und geduscht hatten, versammelte sich die Gruppe im Wohnzimmer. Die sechs Frauen lebten seit knapp einem Jahr zusammen, nachdem Michaela und Barbara die Gruppe kurz zuvor mit Hilfe Gleichgesinnter in den USA, Frankreich und Großbritannien gegründet hatten, wo ähnliche Vereinigungen ebenfalls spektakuläre Aktionen planten, um die Menschen, wie sie es nannten, »aus ihrer Lethargie zu reißen«. Die Mitglieder der ›Unbedingten‹ in Frankfurt wollten jedoch die Ersten sein, die mit äußerster Entschiedenheit weltweite Aufmerksamkeit für ihre Sache erregten. Die vier Teilnehmerinnen der Himalaya-Expedition kannten sich von der Universität, wo sie dieselben Fächer studierten. Sabrina und Ulrike hatten zuvor bereits mehr als ein Jahr in einer Wohngemeinschaft zusammengelebt und hatten sich sofort und ohne Zögern der neuen Gruppe angeschlossen. Schon vorher hatten sie öfter Berge in der Schweiz und in Österreich bestiegen, wobei Ulrike bei einer ihrer ersten Touren

49

am Eiger größere Risiken eingegangen war, als es ihrem technischen Können entsprochen hatte, so dass Sabrina um ihr Leben und das ihrer Freundin fürchtete, obwohl sie Ulrikes bedingungslose Entschlossenheit und offensichtliche Todesverachtung bewunderte. Auch Steffi und Claudia hatten schon vor der Gründung der ›Unbedingten‹ zusammengelebt und hatten Klettertouren unternommen. Wie Ulrike war Claudia bereit, das größte Opfer zu bringen, während Steffi, ähnlich wie Sabrina, den letzten Abschied fürchtete, obwohl sie die Ziele ihrer Partnerin teilte. Michaela und Barbara sahen sich dagegen eher als Leiterinnen und Organisatorinnen, die weitere Mitglieder anzuwerben und die ›Unbedingten‹ in anderen Universitätsstädten bekanntzumachen versuchten sowie Kontakte zu Sponsoren herstellten. Schon vor der Gründung der Gruppe hatten sie Zusagen von einer Stiftung erhalten, die sich nach eigenen Worten dem Kampf gegen den Klimawandel und die Zerstörung der Umwelt widmete und die auch die Everest-Expedition großzügig finanzierte.

Beim Frühstück im Wohnzimmer berichtete Michaela von den Reisevorbereitungen:

»Wir haben gestern Abend die Flüge nach Kathmandu gebucht ... Nach der Ankunft in der Nacht wird euch Dr. Carter am Flughafen abholen und in ein Hotel bringen, wo ihr einmal übernachtet, bevor ihr am nächsten Tag nach Lukla fliegt. Von dort lauft ihr über mehrere Zwischenstationen zum Basislager, wo ihr zur Akklimatisierung bis etwa zum 10. Mai bleiben werdet. Während dieser Zeit werdet ihr Kräfte sammeln und mehrere Abstecher zu höher gelegenen Orten unternehmen, um euch an die Umgebung und die Höhe zu gewöhnen. Das bedeutet unter anderem, dass ihr auf dem Weg nach oben mehrmals den Khumbu-Eisbruch durchqueren werdet. Zwischen dem 9. und 12. Mai werdet ihr dann zum Gipfel aufbrechen. Dieses Zeitfenster ist jedoch wetterabhängig, weil am Tag eurer Aktion gute Sicht von entscheidender Bedeutung ist, damit die Aufnahmen, die ihr mit euren Smartphones macht, die größte Aufmerksamkeit erregen ... Die statistischen Wetterdaten versprechen gute Bedingungen. Wir müssen aber flexibel reagieren und die letzte Etappe des Aufstiegs gegebenenfalls verschieben, falls sich das Wetter und die Sicht verschlechtern. Nach der Aktion kehren Sabrina, Steffi und Dr. Carter dann so schnell wie möglich über den Südsattel ins Basislager und von dort über Lukla nach Kathmandu zurück. Der Rückflug nach Frankfurt ist für den 22. Mai geplant. Bis dahin werdet ihr, falls nötig, noch ein paar Mal in einem Hotel übernachten ... Gibt es für den Augenblick noch Fragen?«

»Nein«, antwortete Ulrike. »Das Einzige, worauf es ankommt, ist, dass wir unsere Mission so schnell wie möglich durchführen. Mutter Erde kämpft um ihr Überleben, und nur mit diesem höchsten Opfer können wir ihren Tod noch verhindern.«

»Richtig«, sagte Claudia entschlossen, während Sabrina und Steffi eher zurückhaltend nickten.

Kurze Zeit später fuhren Steffi und Sabrina zur Universität, während Ulrike und Claudia den größten Teil des Tages in einem Kletterpark verbrachten, um sich auf die Expedition vorzubereiten, wie sie es schon in den Monaten zuvor getan hatten.

Die letzten Wochen vor der Reise nach Nepal vergingen schnell für die sechs Frauen, angefüllt mit intensivem Training und dem Kauf von Ausrüstung. Sabrina und

Steffi schlossen zudem in letzter Minute ihre Hausarbeiten für das vergangene Semester ab, weil sie vorhatten, ihr Studium nach dem Ende der Expedition weiterzuführen. Ulrike und Claudia dagegen waren im letzten Semester nur noch formal als Studentinnen eingeschrieben gewesen und hatten sich ausschließlich mit der Vorbereitung ihrer bevorstehenden Mission beschäftigt.

Am frühen Morgen vor dem Abflug trafen sich alle sechs Frauen noch einmal kurz im Wohnzimmer. Nachdem sie letzte Einzelheiten besprochen hatten, richtete Ulrike einige Worte an die gesamte Gruppe:

»Jetzt rückt endlich der Zeitpunkt näher, auf den wir monatelang gewartet haben. Wir werden uns für Chomolungma, die göttliche Mutter der Erde, wie der Mount Everest auf Tibetisch heißt, opfern, damit die Welt weiterlebt, so wie sich die Erde geopfert hat, damit wir leben. Wir geben damit der Natur unsere Energie zurück, mit der sie uns erhält, und hoffen, dass wir sie damit gnädig stimmen und verhindern, dass die Welt und die Menschheit in einem letzten Strafgericht vernichtet werden.«

Ihre fünf Zuhörerinnen applaudierten, und nach einem Augenblick sagte Sabrina:

»Obwohl mir der Abschied unendlich schwerfallen wird, bewundere ich euch beide grenzenlos. Ihr seid die Ersten, die auf einem Weg vorangehen, den wir alle werden beschreiten müssen.«

Erneut klatschten die anderen, bevor die vier Expeditionsteilnehmerinnen einige letzte Dinge in ihren Koffern verstauten.

Als schließlich kurz nach neun Uhr das Flugzeug abhob, lief eine Träne über Sabrinas linke Wange, weil sie wusste, dass Ulrike bei ihrer Rückkehr nicht mehr bei ihr sein würde. Ulrike, die neben ihr saß, schien jedoch nichts von ihrer Trauer zu bemerken und blickte gleichmütig aus dem Fenster, während Frankfurt für immer aus ihrem Blick verschwand.

Nach einem kurzen Zwischenaufenthalt in Neu-Delhi landeten die vier Frauen um ein Uhr nachts in Kathmandu, wo sie von Dr. Sandra Carter erwartet wurden. Sie war etwa 45 Jahre alt, etwas größer als Sabrina, hatte schulterlange dunkelblonde Haare und trug einen schwarzen Overall, der Teil ihrer Expeditionskleidung war. Sie sprach hervorragend Deutsch, weil sie als Pressesprecherin einer großen Umweltorganisation unter anderem zwei Jahre in Deutschland verbracht hatte. Sandy fuhr mit der Gruppe sofort in ein nahegelegenes kleines Hotel am Rand der Stadt, weil Sabrina, Ulrike, Steffi und Claudia nach der langen Reise müde waren und ihr Weiterflug nach Lukla bereits für den nächsten Vormittag geplant war.

Kaum zehn Stunden nach ihrer Ankunft bestiegen die fünf ein Propellerflugzeug, das Platz für etwa 20 Passagiere bot und sich in eher niedriger Höhe zwischen den rechts und links aufragenden Bergen hindurchbewegte. Während des halbstündigen Fluges empfand Sabrina eine leichte Beklemmung, vor allem als das Flugzeug kurz vor der Landung scheinbar orientierungslos eine dichte Nebelbank durchquerte, bevor es schließlich mit einem heftigen Ruck auf der nach oben geneigten Landebahn zum Stehen kam.

Anschließend brachte Sandy die kleine Gruppe in ihre Unterkunft, wo die Frauen sich ein Mehrbettzimmer teilten. Wenig später erkundeten sie den kleinen Ort mit seinen engen Gassen und niedrigen zweistöckigen Häusern, der von teils grün bewaldeten, teils kahlen Bergen umgeben war, hinter denen sich die ersten hohen, schneebedeckten Gipfel abzeichneten. Als sie gegen zwei Uhr in einem mit Holzstühlen und Kunststofftischen karg eingerichteten Restaurant zu Mittag aßen, berichtete ihnen Sandy von ihrer Arbeit als Ärztin und ihren späteren Aufenthalten in Europa. Dabei sprach sie auch über ihre vier vorhergehenden Himalaya-Expeditionen, zu denen eine Besteigung des Mount Everest gehörte, die sie als Spezialistin für Höhenkrankheiten begleitet hatte.

»Ich unterstütze eure Mission ohne jeden Vorbehalt«, sagte Sandy zum Schluss mit jenem harten, entschlossenen Gesichtsausdruck, den Sabrina schon seit ihrer ersten Begegnung bei ihr bemerkt hatte, während sie Ulrike und Claudia beinahe durchdringend ansah. In diesem Augenblick lief ein kalter Schauder über Sabrinas Rücken, und zum ersten Mal drang ein Zweifel in ihr Bewusstsein, der bisher nur in kurzen Augenblicken ihre Gedanken gestreift hatte, den sie aber immer mit dem Glauben an die Notwendigkeit ihrer Aktion erstickt hatte.

Als die Gruppe am nächsten Tag ihren viertägigen Marsch zum Everest-Basislager antrat, herrschten beste Wetterbedingungen, die nach allen Vorhersagen auch längere Zeit anhalten sollten. Zunächst liefen die fünf Frauen ohne größere Anstrengung in einem Tal bergauf, vorbei an Gebirgsbächen und grün-blauen Schmelzwasserseen, und Sabrina genoss trotz ihrer unterschwelligen Anspannung den Ausblick auf die Gipfel des Himalaya, die ihr in der trockenen Luft so nah erschienen wie der trügerische Schein einer Fata Morgana, bevor sie sich plötzlich wieder des grausamen Endes ihrer Mission bewusst wurde, das die Schönheit der Landschaft zu einer bedeutungslosen Illusion werden ließ.

Die folgenden zwei Nächte verbrachten die Expeditionsteilnehmerinnen in ihren mitgebrachten Zelten, wobei sich Sabrina und Ulrike sowie Steffi und Claudia je ein Zelt teilten, während Sandy ihr Zelt allein bewohnte. Sabrina schlief den Umständen zum Trotz erstaunlich gut, doch bemerkte sie, dass Ulrike am Morgen erschöpft und übernächtigt wirkte, obwohl sie die Enge in einem kleinen Zelt durchaus gewohnt war. Während des Tages ließ sie sich freilich nichts von dieser Müdigkeit anmerken und bewältigte auch am dritten Tag die vorgesehene Strecke ohne Schwierigkeiten, obwohl die Wanderung durch immer steileres, steinigeres Gelände und über große, rötlich-braune Felsen den fünf Frauen mehr und mehr Kraft abverlangte. Am Abend erreichte die Gruppe schließlich Lobuche, eine kleine Ansiedlung, die überwiegend aus Unterkünften für Trekking-Touristen und Everest-Bergsteiger bestand. Wie die meisten Teilnehmer kommerzieller Expeditionen übernachteten die fünf in einer Gemeinschaftsbaracke mit insgesamt zehn doppelstöckigen Betten. In dieser Nacht fanden Sabrina, Ulrike, Claudia und Steffi nur wenig Schlaf. Sabrina hörte, wie Ulrike im Bett über ihr viele ruhelose Stunden verbrachte, und wusste, dass ihre Freundin nicht nur vom modrig-beißenden Geruch der Matratzen und der verdreckten Toiletten, sondern auch von einer quälenden inneren Unruhe wachgehalten wurde, die tief in ihrer Lebensgeschichte wurzelte, die in der geplanten Aktion auf dem höchsten Gipfel der Welt ihren Abschluss finden sollte.

Am nächsten Tag bestieg die Gruppe zunächst einen Berg in der Nähe des Ortes, von dem aus Sabrina, Ulrike, Claudia und Steffi zum ersten Mal den Mount Everest mit eigenen Augen erblickten und sahen, wie sich der

55

von dunklem Gestein umgebene schneebedeckte Gipfel weit in den Himmel erhob, an dem sich nur wenige Wolken zeigten. Unwillkürlich jedoch streiften Sabrinas Augen bald die tief eingeschnittene, dunkle Kluft in der Südostwand, durch die sich Ulrike und Claudia in die Tiefe stürzen würden. Obwohl Sabrina noch immer an die Notwendigkeit ihrer Mission glaubte, überwältigte sie in diesem Moment ein stechender Schmerz und eine tiefe Trauer, die erst nachließ, als etwa zwei Minuten später aufsteigende Nebelschwaden den Ort bedeckten, an dem ihre Freundin den Tod finden würde. Als sie Ulrike kurz ins Gesicht sah, bemerkte sie hinter ihrem nach außen unbewegten Blick wieder jene unüberwindliche Mauer, mit der Ulrike ihre Seele umgab und die auch sie nie wirklich hatte durchdringen können. Gleichzeitig bewunderte sie Ulrike nach wie vor grenzenlos für die Entschlossenheit, mit der sie bis zur letzten Konsequenz eine Mission verfolgte, von deren Sinn und einzigartiger Bedeutung auch Sabrina nach wie vor zutiefst überzeugt war.

Nach dem Abstieg und einer mehrstündigen Wanderung über zunehmend rauere Wege erreichten die Expeditionsteilnehmerinnen schließlich am späten Nachmittag das Everest-Basislager, wo sie ihre Zelte aufschlugen. In der Mitte der zahlreichen Behausungen von Bergsteigern und Wanderern befand sich ein großes Zelt, in dem Mahlzeiten eingenommen werden konnten und in dem sogar zwei einfache, improvisierte Duschen für die Bewohner des Basislagers bereitstanden. Dort trafen die fünf Frauen wenig später die beiden Sherpas Nyima und Dorje, die auf dem Weg zum Gipfel und beim Abstieg bis auf kleine Rucksäcke ihre Lasten tragen würden. Beide waren etwa 35 Jahre alt, untersetzt, von der

Gebirgssonne tief dunkel gebräunt und hatten zuvor bereits sechs Mal zusammen den Mount Everest bestiegen.

In den folgenden Nächten fanden Sabrina, Ulrike, Claudia und Steffi, von plötzlich einsetzendem schwerem Durchfall und Erbrechen gepeinigt, kaum Ruhe. Hinzu kam ein beginnender Reizhusten aufgrund der trockenen Höhenluft, der ihnen oft genug den Rest ihres Schlafes raubte. Ulrike hatte es besonders schlimm erwischt, so dass sie, häufig den Tränen nahe, völlig erschöpft in ihrem Zelt vor sich hindämmerte, wo Sabrina immer wieder ihre Hand hielt und sie zu trösten versuchte. Lediglich Sandy, die schon mehrere Aufenthalte in der Khumbu-Region hinter sich hatte, war offensichtlich immun und verbrachte die Tage überwiegend in ihrem Zelt. Sabrina bemerkte, dass sie viel Zeit darauf verwendete, mit den Geldgebern der Expedition, anderen Unterstützern der ›Unbedingten‹ und den Medien zu kommunizieren. Als Sabrina und Steffi ihr berichteten, dass Ulrike und Claudia stark geschwächt seien und dass bereits das Leben im Basislager für die beiden zunehmend zur Qual werde, zeigte sie, wie schon zuvor, keinerlei Gefühlsregung. Wieder hatte Sabrina den Eindruck menschlicher Kälte und eines Fanatismus, der sie trotz ihrer eigenen Entschlossenheit im tiefsten Inneren erschreckte, auch wenn sie diese Wahrnehmung aus ihrem Bewusstsein zu verbannen suchte.

Nachdem Übelkeit und Durchfall nach längerer Zeit endlich nachgelassen hatten, unternahmen die fünf Frauen unter Sandys Führung eine erste Exkursion in den Khumbu-Eisbruch, um sich an die Höhe und die alpinistischen Herausforderungen der Everest-Besteigung zu gewöhnen. Obwohl Sabrina, Ulrike, Claudia und Steffi viele

Berichte von Bergsteigern gelesen und sich Bilder dieses an einen riesigen, erstarrten Wasserfall erinnernden Ortes angesehen hatten, erschraken sie zutiefst, als sie zum ersten Mal die gewaltigen liegenden, stehenden und sich teils gefährlich neigenden Eisblöcke sahen, die sie mit Hilfe von Leitern, Seilen und Steigeisen überwanden. Als Sabrina auf einer Leiter eine meterbreite Spalte überquerte, empfand sie eine kaum bezähmbare Angst, von einem bodenlosen Abgrund verschlungen zu werden, und war froh, als sie zitternd den nächsten Gletscherabschnitt erreichte. Noch mehr jedoch sorgte sie sich um Ulrike, die sie mit einem Seil sicherte und unterstützte, wenn ihre Kräfte sie zu verlassen drohten. Nachdem die Expeditionsteilnehmerinnen den oberen Teil des Eisbruchs erreicht hatten, kehrten sie ins Basislager zurück, wo sie gemeinsam zu Abend aßen. Vor allem Ulrike und Claudia konnten jedoch nur wenig zu sich nehmen, da ein bohrender Kopfschmerz, der schon während des Tages begonnen hatte, ihre Kraft vollends aufzehrte. Als schließlich die Nacht anbrach, hatte Sabrina das Gefühl, dass ihr Schädel zu explodieren drohte. Ulrike, die noch stärker unter dem Sauerstoffmangel litt, weinte und schrie währenddessen vor Schmerz. »Es ist, als ob ein Ungeheuer in meinem Kopf mein Gehirn langsam auffrisst«, sagte sie mit von Grauen erfüllter Stimme, als Sabrina den Schweiß auf ihrer Stirn zu trocknen versuchte. Gegen Mitternacht ging Sabrina zu Sandy, die noch wach war, und bat sie, Ulrikes grausame Schmerzen zu lindern. Daraufhin gab Sandy ihr eine Gasflasche mit der Anweisung, Ulrike möglichst rasch so viel Sauerstoff wie möglich zuzuführen, um der Bildung eines Hirnödems vorzubeugen, und bemerkte zum Schluss: »Unsere Mission ist zu wichtig, als dass wir sie wegen solcher medizinischer Probleme scheitern lassen könnten.« In der Tat besserten sich Ulrikes Kopfschmerzen nach der Gabe von Sauerstoff rasch, und sie schlief tief und fest bis zum nächsten Morgen. Sabrina hatte noch längere Zeit ihre Hand gehalten, bis endlich auch ihr Kopfschmerz immer schwächer wurde und sie für längere Zeit Schlaf fand.

Bei ihrer nächsten Exkursion durchquerten die Expeditionsteilnehmerinnen den gesamten Eisbruch und erreichten am frühen Nachmittag einen höher gelegenen Ort, wo sie kurz rasteten, bevor sie zum Basislager zurückkehrten. Langsam gewöhnten sich auch Ulrike und Claudia ein wenig mehr an die dünne Höhenluft, obwohl sie auch während dieser Klettertour künstlichen Sauerstoff und die Unterstützung durch Sabrina, Steffi und die Sherpas benötigten.

Als Sabrina am Abend in ihrem Zelt lag, während Ulrike wieder von nicht enden wollenden Hustenanfällen gequält wurde, erlebte sie in den Träumen ihres Dämmerschlafs Szenen aus ihrer eigenen Lebensgeschichte und der ihrer Kameradinnen, die sie schließlich alle auf verschiedenen Wegen an diesen Ort in der Wildnis geführt hatte.

Sabrina war als jüngstes Kind eines musikbegeisterten Arztehepaares in Darmstadt aufgewachsen, wo sie ihre gesamte Jugend verbrachte, nachdem ihre beiden älteren Geschwister bereits ausgezogen waren. Schon seit ihrer Geburt hatten ihre Eltern davon geträumt, aus ihr eine erfolgreiche Sängerin zu machen, und waren tief enttäuscht, als Sabrina sich in der Pubertät zunehmend ihrem Druck entzog und ihnen erklärte, dass sie ihr Interesse an Musik nicht teile und ihr Leben nicht für sinnlose Karriereträume opfern wolle. Von da an machten

59

ihre Eltern aus ihrer bisher eher verborgenen Ablehnung ihr gegenüber keinen Hehl, beschimpften sie als nutzlose Versagerin und drohten manchmal sogar damit, sie auf die Straße zu setzen. Sabrina hingegen verbrachte mehr und mehr Zeit mit sozialen Aktivitäten an ihrer Schule und mit Freundinnen, die sie mit dem Klettern vertraut machten. Bald entwickelte sie eine zunehmende Leidenschaft für ihr neues Hobby und unternahm Ausflüge in nahe Mittelgebirge und in die Alpen, die ihr die Gelegenheit gaben, wenigstens in den Ferien und an einigen Wochenenden die bedrückende Atmosphäre zu Hause hinter sich zu lassen. Kurze Zeit nach dem Beginn ihres Studiums in Frankfurt lernte sie Ulrike kennen, die dieselben Fächer studierte, und die beiden teilten sich bald eine gemeinsame Wohnung in Frankfurt-Niederrad. Als sie ein Jahr später ein erstes Flugblatt der »Unbedingten« lasen, waren sie sofort vom Ziel der Gruppe überzeugt, andere durch entschlossene, spektakuläre Aktionen auf ihre Anliegen aufmerksam zu machen, und zogen einige Wochen danach in die Wohngemeinschaft der »Unbedingten« in einem älteren, großen Mehrfamilienhaus in Frankfurt-Rödelheim. Schon zu Anfang, als Sabrina mit Ulrike in Niederrad lebte, hatte sie auf dem Rücken ihrer Freundin mehrere rote Narben bemerkt und sie gefragt, was es damit auf sich habe. Aus Ulrikes Erzählungen hatte sie erfahren, dass es sich um Verbrennungen handelte, die ihr Vater, ein höherer Verwaltungsbeamter, ihr im Alkoholrausch zugefügt hatte. Ulrike war als einziges Kind ihrer Eltern in einem wohlhabenden Stadtteil Offenbachs aufgewachsen und dort zur Schule gegangen, während ihr Vater und ihre Mutter anfangs noch ihrer Berufstätigkeit nachgegangen waren. Im Lauf ihrer Zeit am Gymnasium hatte die zunehmende Alkoholsucht ihres Vaters immer bedrohlichere Ausmaße angenommen, so dass er schließlich in den Ruhestand versetzt wurde und die Tage überwiegend zu Hause verbrachte. Ein Jahr später musste auch ihre Mutter ihren Beruf aufgeben und erlag selbst mehr und mehr dem Alkohol. Ulrike ging, auf sich allein gestellt, weiter zur Schule, litt allerdings mehr und mehr unter der beklemmenden, gewalttätigen Umgebung zu Hause, denn ihr Vater schlug nicht nur Ulrikes Mutter, sondern sie wurde auch selbst Opfer seiner Misshandlungen, die in den Verbrennungen mit einem Bügeleisen gipfelten, die ihr Vater ihr kurz vor ihrem 19. Geburtstag beibrachte. Ulrike war verängstigt und verstört, hielt aber mit unglaublicher Willenskraft an ihrem Ziel fest, die Schule abzuschließen, und konnte kurze Zeit später endlich von zu Hause ausziehen, nachdem sie ein staatliches Stipendium für ihr geplantes Studium erhalten hatte. Schon zwei Jahre zuvor hatte sie gemeinsam mit einer Freundin zu klettern begonnen. Allerdings hatte sie aus finanziellen Gründen nur kurze Ausflüge in süddeutsche Mittelgebirge unternehmen können und entdeckte die Alpen erst, als sie mit Sabrina zusammenlebte. Nachdem sie von den »Unbedingten« gehört hatte, war Ulrike sofort von noch größerer Entschlossenheit erfüllt als Sabrina und tat alles, um letzte Zweifel ihrer Freundin zu überwinden. Sabrina bewunderte ihre Willensstärke, die sie vor dem seelischen Zusammenbruch bewahrt hatte und die sich auch jetzt in der grausamen Entschiedenheit zeigte, mit der sie ihre Mission verfolgte. »Ich glaube, dass mein Leben auf diese Weise einen Sinn bekommt und dass die Menschen mich für meine Tat respektieren werden«, hatte sie zu Sabrina gesagt, nachdem sie und Claudia sich für die Suizidaktion zur Verfügung gestellt hatten. Sabrina wusste freilich auch, dass ihre Freundin ihre Seele mit einem Panzer aus Willenskraft und Entschlossenheit umgab, der selbst ihr oft den Zugang zu ihrem Inneren verwehrte, obwohl sie Ulrike am nächsten stand.

Nach Ulrike war Steffi diejenige in der Gruppe, zu der Sabrina die engste Beziehung entwickelt hatte. Wie Sabrina war sie die jüngste Tochter ihres Vaters, eines erfolgreichen Rechtsanwalts und ambitionierten Freizeitsportlers, der davon geträumt hatte, die höchsten Berge der Erde zu erklimmen. Obwohl seine beruflichen Verpflichtungen die Verwirklichung dieses Ziels nicht zuließen, unternahm er häufig Klettertouren in den Alpen, auf denen ihn Steffi immer öfter begleitete. Auch er hatte ehrgeizige Pläne für seine Tochter, auf der seine ganze Hoffnung ruhte, nachdem sein Sohn aus erster Ehe rebelliert hatte und gegen den Willen seiner Eltern Bildhauer geworden war. Doch auch Steffi konnte seine Wünsche nach perfekter Leistung in der Schule und im Sport nicht ganz befriedigen und bekam zunehmend die Verachtung ihrer Eltern zu spüren, der sie sich dadurch zu entziehen suchte, dass sie mehr und mehr Zeit mit zusätzlichen Kursen in der Schule und als Leiterin einer Umweltschutzgruppe verbrachte, die sie zusammen mit mehreren Mitschülern gegründet hatte. Als sie nach dem Abitur ihr Elternhaus verließ und mit ihrer neuen Freundin Claudia in einer Wohngemeinschaft lebte, brach sie bald alle Beziehungen zu ihren Eltern ab, die aus ihrer Abneigung ihr gegenüber kein Geheimnis machten. Wie Sabrina und Ulrike hatte sie sich mit Claudia sofort nach Gründung der »Unbedingten« der Gruppe angeschlossen, die genau das plante, was auch Steffi und nicht zuletzt Claudia für notwendig hielten. Wie Sabrinas Partnerin hatte Claudia alles getan, um Steffi davon zu überzeugen, ihre teils offenen, teils verborgenen Bedenken gegen die Gruppe und geplante Suizidmissionen aufzugeben, und wie bei Ulrike hatte auch Claudias Bereitschaft, für ihre Überzeugungen ihr Leben zu opfern, tiefe Wurzeln in der Geschichte ihres Lebens, die sie gelehrt hatte, sich wie eine Fremde in einer fremden Welt zu fühlen.

Claudia hatte als zweites von drei Kindern eines Steuerberaters ihre Jugend in Wiesbaden verbracht, wo ihre Eltern ein villenähnliches Einfamilienhaus bewohnten. Im Unterschied zu ihren beiden Schwestern bemerkte sie schon zu Beginn der Pubertät, dass sie sich stark zu Mädchen hingezogen fühlte. Da ihre Liebe jedoch oft unerwidert blieb, entwickelte sie sich zur Außenseiterin und litt oft sehr unter ihrer Einsamkeit und der Ablehnung ihrer Mitschülerinnen, die sie nicht selten verspotteten und in sozialen Netzwerken bösartige Gerüchte über sie verbreiteten. Nicht zuletzt aber machten ihre religiös-konservativ eingestellten Eltern ihr schwere Vorwürfe wegen ihrer sich abzeichnenden sexuellen Orientierung und mieden, wie ihre Schwestern, beinahe jeden Kontakt zu ihr, so dass sie ihre Zeit zu Hause oft allein verbringen und ihre Mahlzeiten getrennt von der Familie einnehmen musste. Als sie 16 Jahre alt war, hasste sie ihr ganzes Selbst ebenso wie ihren Körper und fügte sich immer wieder nicht nur tiefe Schnitte in die Unterarme, sondern auch Brandwunden zu, indem sie glühende Zigarren und Zigaretten auf ihrer Haut ausdrückte. Ihre Eltern drohten ihr oft damit, sie zwangsweise auf Dauer in die Psychiatrie einweisen zu lassen, und in der Tat verbrachte sie kurz vor ihrem 19. Geburtstag vier Wochen in einer psychiatrischen Klinik, wo die

63

Ärzte ihr dringend rieten, von zu Hause auszuziehen und ihre sexuelle Orientierung als natürlich anzusehen. In der Tat besserte sich Claudias Zustand, als sie kurz vor dem Abitur Steffi kennenlernte und mit ihr bald darauf in eine gemeinsame Wohnung zog. Zusammen mit Steffi unternahm sie in dieser Zeit oft Klettertouren und entwickelte schnell eine zunehmende Leidenschaft für das Bergsteigen, das sie nicht nur ihrer Partnerin immer näherbrachte, sondern ihr auch erlaubte, ihre seelischen Konflikte für einige Zeit zu vergessen. Trotz allem jedoch hatten Claudias Jugenderfahrungen sie vielleicht für immer den Menschen entfremdet, so dass selbst Steffi häufig kaum den Wall der Verschlossenheit überwinden konnte, der ihr Inneres umgab. Steffi hatte Sabrina einmal gesagt, dass Claudia für sie manchmal wie eine Fremde sei, deren tragische Einsamkeit wahrscheinlich erst mit ihrem Tod enden werde. Neben ihrer Freundin Steffi hatten auch Sabrina und Ulrike nicht wenig Zeit mit Claudia verbracht, die Ulrike in manchem ähnlich war. Außer Steffi waren die beiden die Einzigen, denen Claudia ihre Geschichte erzählt hatte, und auch Steffi hatte Sabrina vieles von sich und ihrer Beziehung zu Claudia wissen lassen.

Als Sabrina aus dem Halbschlaf erwachte, bemerkte sie, dass Ulrikes Husten nachgelassen hatte, während sich draußen die erste Morgenröte zeigte. Bald darauf ließ ihre Müdigkeit beide für mehrere Stunden tiefen Schlaf finden, so dass sie an ihrem Ruhetag erst am frühen Vormittag aufstanden. Nachdem sie sich gewaschen und gefrühstückt hatten, trafen alle vier Frauen Sandy in ihrem Zelt, um ihre nächste und letzte Exkursion vor dem Aufstieg zum Gipfel zu planen, die am übernächsten Tag stattfinden und sie zu einem Lager am Fuß der Lhotse-

Wand führen sollte, um sie mit dem Gelände vertraut zu machen und ihre Akklimatisierung abzuschließen.

Am nächsten Tag, der ebenfalls ein Ruhetag für die fünf Expeditionsteilnehmerinnen war, besuchte Steffi Sabrina in ihrem Zelt, während Ulrike und Claudia duschten.

»Ich mache mir Sorgen um Claudia. Ich fürchte, dass sie es nicht schafft und stirbt, bevor wir oben ankommen ... Ich bewundere ihre und Ulrikes Entschiedenheit, aber ...«, sagte Steffi und fuhr nach einem Augenblick des Zögerns fort: » ... vieles wirkt jetzt etwas anders als noch vor einigen Wochen ... Claudia ist nach wie vor entschlossen zu sterben, und auch mir ist klar, dass unsere Aktion notwendig ist, aber ich weiß auch, dass ich nach dem Abschied von Claudia nie mehr dieselbe sein werde.«

»Mir geht es genauso ... Auch Ulrike will nach wie vor den Tod für unsere Sache in Kauf nehmen«, antwortete Sabrina. »Ich fürchte, wir können nicht mehr zurück. Vielleicht bleibt uns nicht mehr zu tun, als dafür zu sorgen, dass Ulrike und Claudia wenigstens bis zum Abschluss unserer Mission überleben und das tun können, was sie selbst unbedingt tun wollen ... und was auch wir selbst vielleicht eines Tages tun werden.« Sabrina zögerte, als sie die letzten Worte sprach, und spürte mehr als je zuvor ihre aufkeimenden Zweifel, die sie nur noch mit Mühe unterdrücken konnte.

Steffi nickte, während eine Träne über ihre rechte Wange lief. Beide Frauen umarmten einander und fühlten sich in ihrer Verzweiflung und ihrer inneren Zerrissenheit enger verbunden als je zuvor.

Als die fünf Gruppenmitglieder am folgenden Tag das Basislager zu ihrer letzten Exkursion verließen, herrschte noch Nacht. Erst als sie den Khumbu-Eisbruch erreichten, stieg die Sonne über den Horizont und tauchte die gewaltigen Eisblöcke in ein blutrotes Licht. Bewusster als zuvor nahmen vor allem Sabrina und Steffi die bedrohlichen Geräusche aus dem Inneren des Gletschers wahr und fürchteten, von einem der haushohen Blöcke zerquetscht zu werden, während Ulrike und Claudia von einem sich ständig verschlimmernden Husten gepeinigt wurden, der sie an kaum etwas anderes denken ließ als an ihre Schmerzen und ihre Angst zu ersticken. Nur mit Hilfe der Sherpas und ihrer beiden Freundinnen überwanden sie den Eisbruch und kämpften sich auf dem Khumbu-Gletscher weiter und weiter nach oben. Als die Gruppe ihr Ziel, das Lager an der Flanke des Lhotse, fast erreicht hatte, schrie Claudia plötzlich nach einer Hustenattacke vor Schmerz auf. Sandy untersuchte sie kurz und stellte anschließend kühl fest: »Durch den heftigen Reizhusten sind zwei Rippen gebrochen. Das ist bei Expeditionen zum Mount Everest nichts Ungewöhnliches und ganz sicher kein Grund, unsere Mission abzubrechen.« Als sie wenig später in der Nähe der Zelte des Lagers rasteten, blickten Sabrina, Ulrike, Steffi und Claudia nach oben zum Mount Everest, der sich noch immer übermächtig wie ein ganzes Gebirge über ihnen erhob und dessen Gipfel an diesem Tag von einer Fahne aus Wolken und Schnee verdeckt war, die sich weit nach Osten erstreckte. Auf dem Weg zurück zum Basislager wurde Claudia beinahe von ihren Schmerzen überwältigt und war nicht in der Lage, selbständig abzusteigen. Dorje ließ sie an einem kurzen Seil langsam nach unten gleiten, während Steffi ihr half, mit ihren Füßen wenigstens einen gewissen Halt zu finden. Als sie schließlich im Basislager ankamen, klagte Ulrike ebenfalls über starke Schmerzen im Brustkorb, worauf

66

Sandy auch bei ihr zwei Rippenbrüche diagnostizierte. Anschließend gab sie Claudia und Ulrike Schmerzmittel sowie einen schleimlösenden und hustenstillenden Saft für die Nacht, wobei sie nochmals betonte, dass derartige Vorkommnisse Teil einer Everest-Besteigung seien und ihre Mission nicht gefährden dürften.

Der nächste Tag war für die Expeditionsteilnehmerinnen der letzte Ruhetag vor dem Aufstieg zum Gipfel, den sie in vier Tagesetappen bewältigen wollten. Es war für diese Zeit gutes Wetter und eine Unterbrechung der Winde des Jetstreams vorhergesagt, die an den meisten Tagen die Gipfelpyramide in eine Hölle verwandelten, die die Macht hatte, alles Leben mit Haut und Haaren zu vernichten.

Dank der Schmerzmittel war die Nacht für Claudia und Ulrike halbwegs erträglich, und sie schliefen beide tief und fest. Als Sabrina und Steffi am Nachmittag zum Duschen gingen, kam ihnen Dorje entgegen, der offenbar auf eine Gelegenheit gewartet hatte, sie anzusprechen.

»Claudia und Ulrike geht es sehr schlecht«, sagte er in gebrochenem Englisch. »Sie dürfen nicht zum Gipfel aufsteigen. Wenn sie es trotzdem versuchen, werden sie wahrscheinlich nicht zurückkehren. Ich habe noch nie erlebt, dass Teilnehmer einer Expedition so gelitten haben und so schwach waren ... Sandy ist die Leiterin eurer Gruppe und hat anscheinend die Kontrolle über euch. Nyima und ich haben heute mit ihr zu sprechen versucht, aber sie will nicht auf uns hören. Sie ist kalt und grausam... Wenn unsere Familien nicht hungern müssten ohne das Geld, das wir hier verdienen, würden wir keinen Schritt weitergehen.«

Sabrina und Steffi kämpften beide mit den Tränen, bevor Sabrina antwortete: »Du hast recht ... Leider wollen

67

Ulrike und Claudia unbedingt auf den Gipfel und sind bereit, das höchste Opfer zu bringen. Es ist uns allen sehr wichtig, aber ... mein Gott, ich weiß nicht weiter ...«

»Ich fürchte, dass die Göttin Chomolungma uns alle und vor allem Sandy mit ihrem Zorn bestrafen wird«, sagte Dorje und fuhr fort: »Was auch immer ihr vorhabt, ich bin euch beiden und natürlich auch Claudia und Ulrike nicht böse. Es scheint, dass ihr von einem teuflischen Gott der Finsternis verführt wurdet.«

Als er bemerkte, dass Sabrina und Steffi zitterten und zutiefst erschüttert wirkten, sagte er zum Schluss: »Wir werden tun, was wir können, und vielleicht wird Chomolungma, die göttliche Mutter der Erde, mit Nyima, mir und euch vier Erbarmen haben.« Während er diese Worte sprach, legte er kurz seine Hände auf Sabrinas und Steffis Schultern und kehrte anschließend in sein Zelt zurück. Steffi und Sabrina blickten sich wortlos an und umarmten einander lange, um sich gegenseitig Trost zu spenden, bevor sie schließlich wie in Trance ihren Weg zum großen Gemeinschaftszelt fortsetzten.

Früh am nächsten Morgen brachen die Expeditionsteilnehmerinnen schon vor Sonnenaufgang ihre Zelte ab und begannen nach einer buddhistischen Opferzeremonie ihren Aufstieg zum Gipfel. Dorje und Nyima hatten auf der Feier bestanden, um die göttliche Mutter der Erde zu besänftigen und sie um Entschuldigung zu bitten für das, was die Gruppe jetzt tun würde. Während Sabrina und Steffi tief bewegt an dem religiösen Opfer teilnahmen, hatte Sandy den vier Frauen gegenüber offen ihren Unmut über die Sherpas zum Ausdruck gebracht und die Zeremonie als blanken Unsinn bezeichnet. Nach dem Ende der Feier schulterten Dorje und Nyima ihre Rucksäcke, die so schwer waren wie sie selbst und die neben dem größten Teil der Ausrüstung zahlreiche Gasflaschen enthielten, weil absehbar war, dass vor allem Ulrike und Claudia schon bald künstlichen Sauerstoff benötigen würden.

Zum letzten Mal durchquerte die Gruppe auf dem Weg nach oben den Khumbu-Eisbruch mit seinen abgrundtiefen Gletscherspalten und turmhohen Eisblöcken, die in Steffis und Sabrinas Augen mehr als zuvor lauernden Ungeheuern glichen, deren bedrohliche Geräusche die Luft erfüllten. Wieder sicherten Steffi und Sabrina ihre Partnerinnen sorgfältig, zumal Ulrike und Claudia, durch ständige Hustenanfälle und Sauerstoffmangel geschwächt, wie benommen wirkten. Schon als sie den oberen Rand des Eisbruchs überwunden hatten und eine längere Rast einlegten, baten zuerst Claudia und kurz darauf auch Ulrike dringend um Sauerstoff, den sie trotz der Schmerzen durch die Rippenbrüche begierig mit tiefen, hastigen Atemzügen aufsogen. Noch einmal beschwor Dorje Sandy, die beiden nicht weiter aufsteigen zu lassen, und gab zu bedenken, dass ihnen während des Abstiegs wahrscheinlich der Sauerstoff ausgehen werde, doch Sandy gab ihm nur barsch zur Antwort: »Der Sauerstoff wird reichen!« Anschließend setzte die Gruppe ihren Weg fort und erreichte gegen Abend das Lager am Fuß der Lhotse-Flanke, das die fünf Frauen schon von ihrer letzten Exkursion kannten. Der Weg dorthin war mühselig gewesen, weil vor allem Claudia und Ulrike nur wenige Schritte auf einmal gehen konnten, bevor sie längere Zeit rasten mussten. Immerhin war das Wetter den ganzen Tag über ausgezeichnet gewesen, obwohl die fünf Expeditionsteilnehmerinnen in ihren schwarzen Daunenanzügen manchmal unter der Hitze und der starken Sonneneinstrahlung gelitten hatten. Nachdem sie ihre Zelte aufgeschlagen hatten, schliefen alle trotz wiederholter Hustenanfälle rasch ein, weil selbst Ulrike und Claudia so erschöpft waren, dass sie bald in einen todesähnlichen Schlaf fielen.

Am folgenden Tag kletterten die fünf Frauen an der mit Fixseilen gesicherten Lhotse-Flanke weiter ihrem Ziel entgegen. Während Sabrina und Steffi die Anstrengung ohne Flaschensauerstoff bewältigten, rangen Claudia und Ulrike gierig nach dem lebenserhaltenden Gas. Durch den tiefen, schnellen Atem verstärkten sich ihre Schmerzen, so dass Sandy ihnen Medikamente verabreichen musste, zumal sie immer wieder von lang anhaltendem Husten gepeinigt wurden. Die beiden Sherpas sowie Steffi und Sabrina taten alles, um sie zu unterstützen, bis sie schließlich einen Lagerplatz auf einem Vorsprung in der Lhotse-Flanke erreichten, der öfter von Expeditionen benutzt wurde und den auch Sandy von ihrer ersten Besteigung des Mount Everest kannte. Am frühen Abend errichtete die Gruppe hier unmittelbar neben der Hunderte von Metern tief abfallenden Wand ihre Zelte. In der dünnen Höhenluft der klaren, eisig kalten Nacht fanden Sabrina, Ulrike, Steffi und Claudia jedoch nur wenig Schlaf, obwohl Ulrike und Claudia auch nachts ihre Sauerstoffmasken trugen, um ihre Kräfte so weit wie möglich zu schonen.

Am Morgen machten sich die fünf auf den Weg zum letzten Lager auf dem Südsattel, obwohl Sabrina, Steffi, Ulrike und Claudia nach der beinahe schlaflosen Nacht zutiefst erschöpft waren. Lediglich Sandy wirkte gut erholt, nachdem sie die Nacht in ihrem Einzelzelt verbracht hatte, und kletterte der Gruppe voran, obwohl sie einen schweren Rucksack trug, in dem sich neben ihrer persönlichen Ausrüstung auch Gasflaschen für die Gruppe befanden, die sie am vorigen Tag dort verstaut hatte, um Dorje und Nyima zu entlasten. Sabrina, Steffi und vor allem Claudia und Ulrike kamen jedoch nur sehr langsam voran, obwohl ihre Zelte und ihre Ausrüstung von den Sherpas getragen wurden. Dorje und Nyima mussten beinahe alle ihre Kräfte aufbieten, um Claudia und Ulrike an einem Seil nach oben zu ziehen, bis sie schließlich bei Sonnenuntergang den Südsattel erreichten. Hier schlugen sie ihr letztes Lager auf und versuchten, in der Nacht und während des nächsten Tages ein wenig Kraft zu sammeln. Während Ulrike beinahe bewusstlos vor sich hindämmerte, verließ Sabrina kurz nach Mitternacht ihr gemeinsames Zelt und blickte in den sternenerfüllten Himmel, wo sich das helle Band der Milchstraße in einer Klarheit zeigte, in der sie es noch nie gesehen hatte. Mehr als je zuvor empfand sich Sabrina in der Nähe des Berges, den die Sherpas die göttliche Mutter der Erde nannten, als Teil eines unendlichen Universums, das sie und ihr Leben beinahe nichtig erscheinen ließ. Sie dachte an ihre Mission, an deren Bedeutung für die Rettung der Welt sie noch immer glaubte, und fühlte nur kurz einen scharfen, stechenden Schmerz, als ihr für einen Augenblick bewusst wurde, dass in weniger als 24 Stunden Ulrikes und Claudias letzter Tag anbrechen würde. Sie versuchte jedoch, diesen Gedanken sofort wieder aus ihrer Seele zu verbannen, und fand Trost in der Weite des Sternenhimmels und dem Gefühl, dass sowohl Ulrike als auch sie selbst in dieser Welt für immer geborgen waren.

Während des Tages kamen Ulrike und Claudia nur langsam wieder zu Kräften. Dennoch waren beide zutiefst entschlossen, zum Gipfel aufzusteigen und ihre Mission zu verwirklichen, die sie mehr als alle menschlichen Bindungen bis jetzt am Leben gehalten hatte. Am frühen Nachmittag rief Sandy die vier Expeditionsteilnehmerinnen zusammen und teilte ihnen mit, dass sie um zehn Uhr abends aufbrechen würden, um genug Zeit zu haben, weil der Weg nach oben vor allem Ulrike und Claudia all ihre Kraft kosten würde. Schließlich fuhr sie fort: »Wie an allen vergangenen Tagen habe ich viel Zeit damit verbracht, die vielen Leute, die unsere Mission in sozialen Netzwerken verfolgen, auf dem Laufenden zu halten und so viel Aufmerksamkeit wie möglich auf unsere Expedition zu lenken. Nahezu alle glauben noch immer, dass es sich um eine mehr oder weniger normale Besteigung des Mount Everest handelt ... natürlich mit dem Ziel, gegen den Klimawandel zu protestieren und die Kommerzialisierung und allgegenwärtige Zerstörung der Natur zu brandmarken. Sie erwarten, dass wir vielleicht auf dem Gipfel ein Transparent entrollen oder eine Erklärung verlesen und hinterher unsere relative Bekanntheit nutzen werden, um ein paar Pressekonferenzen und Veranstaltungen abzuhalten, aber so gut wie niemand ist auf das vorbereitet, was wir tatsächlich planen. Umso größer wird die Überraschung sein ... Dann werden nicht nur Zehntausende, sondern Millionen das Video anschauen und sich anhören, was Ulrike zu sagen hat. Dass zwei junge Frauen zu diesem größten Opfer bereit sind, wird die Massen aufrütteln und zur Rebellion treiben, ähnlich wie das Kommunistische Manifest oder die Attentate der Anarchisten im 19. Jahrhundert. Das Ergebnis wird eine Revolution sein und eine Verwandlung der Erde in eine Welt der Gerechtigkeit für die Natur und die Menschen. Wir und vor allem Ulrike und Claudia gehören zu einer kleinen Vorhut, die berufen ist voranzugehen bei dieser radikalsten

Veränderung in der Geschichte der Menschheit. Denkt daran, dass jeder noch so mühsame Schritt zum Gipfel uns diesem höchsten Ziel näherbringen wird!«

Die vier Frauen nickten in wortloser Entschiedenheit und zogen sich kurz danach, ebenso wie Sandy, in ihre Zelte zurück, um vor dem entscheidenden letzten Stück ihres Weges noch ein wenig Ruhe zu finden. Bevor Sabrina Ulrike zu ihrem Zelt folgte, beobachtete sie noch für einige Augenblicke, wie Sandy sich mit ihrem Smartphone und ihrem Laptop beschäftigte und offenbar unablässig Nachrichten versandte, und betrachtete die Gipfelpyramide des Mount Everest, dessen höchster Punkt noch immer weit weg schien, ebenso wie den benachbarten Lhotse, der sich kaum weniger steil in den Himmel erhob. Das Wetter war noch immer so außergewöhnlich gut, dass Dorje und Nyima öfter davon sprachen, dass Chomolungma es bis jetzt sehr gut mit ihnen meine und dass sie den Berg noch nie so erlebt hätten. Nach der Vorhersage war auch für den folgenden Tag gute, klare Witterung zu erwarten, so dass wahrscheinlich sogar der Gipfel frei von Wolken sein würde. Erst für den Abend des nächsten Tages war von einem möglichen Wetterumschwung mit Schneefall, tiefen Temperaturen und starken Winden die Rede. Nachdem Sabrina noch einen letzten Blick auf die Lhotse-Flanke und den Khumbu-Gletscher geworfen hatte, dessen unterer Teil sich in dichtem Dunst verlor, kehrte sie zu Ulrike zurück, die bereits tief und fest schlief.

Sabrina ruhte noch einige Stunden, bevor sie und Ulrike gegen acht Uhr abends aufstanden und sich für den langen Aufstieg zum Gipfel rüsteten. Ulrike sprach wenig und bewegte sich manchmal wie in Trance, war aber ohne weiteres in der Lage, Sabrina beim Abbau des

Zeltes zu helfen, bevor sich die Gruppe sammelte und, wie geplant, um zehn Uhr aufbrach. Die Expeditionsteilnehmerinnen bewegten sich langsam im Schein ihrer Stirnlampen aufwärts, während die zahllosen Sterne der Neumondnacht den Himmel wie einen unendlichen Raum erscheinen ließen. Sandy ging wie üblich mit ihrem großen Rucksack voraus, gefolgt von Claudia und Ulrike, die beide von den Sherpas mit einem Seil gesichert und unterstützt wurden. Den Abschluss der Gruppe bildeten Sabrina und Steffi, die ein wachsames Auge auf ihre Freundinnen hatten und bereitstanden, um ihnen zu helfen. Ulrike und Claudia benötigten oft längere Pausen und wirkten sehr schwach, obwohl die Ventile ihrer Sauerstoffflaschen voll geöffnet waren. Sandy dagegen schien mit der Höhe keine Schwierigkeiten zu haben und musste noch seltener als Steffi und Sabrina auf künstlichen Sauerstoff zurückgreifen. Als Stunden später die Morgendämmerung die Berggipfel um sie herum in ein blassrotes Licht tauchte, hatten sie schließlich trotz aller Mühen bereits etwa die Hälfte des Weges zurückgelegt. Während sie eine kleine Rast einlegten, um zu trinken und ein wenig zu essen, blickte Sabrina in die Abgründe, die sich zu beiden Seiten des Südostgrates auftaten und die noch vom tiefen Dunkel der Nacht erfüllt waren. Für einen Augenblick durchfuhr Sabrina wieder der Schmerz des bevorstehenden Abschieds, weil sie wusste, dass der Ort, den sie fürchtete, nicht mehr weit entfernt war. Unmittelbar danach jedoch brach die Gruppe wieder auf, und Sabrina musste, wie schon zuvor, all ihre Aufmerksamkeit auf die Gefahren des Weges richten, der vor ihr lag, so dass ihr keine Zeit mehr für andere Gedanken blieb. Während sie Schritt für Schritt dem Gipfel näher kamen, bemerkten

Sabrina und Steffi, dass Ulrike und Claudia unsicher auf den Beinen waren und trotz Dorjes und Nyimas Unterstützung immer wieder vom Weg abzukommen drohten. Auch Sandy hatte bemerkt, dass beide am Ende ihrer Kräfte waren, und gab der Gruppe die Anweisung, stehenzubleiben. Anschließend nahm sie zwei Spritzen aus ihrem Rucksack und verabreichte sie Ulrike und Claudia, um ihre letzten Reserven zu mobilisieren, während Dorje und Nyima mit einem Ausdruck tiefen Mitleids und mühsam verborgener Missbilligung zusahen. Als die Injektionen ihre Wirkung zeigten, setzten die fünf Frauen und die beiden Sherpas ihren Weg fort und erreichten gegen zwei Uhr nachmittags die letzte Felsstufe, die sie vom Gipfel trennte. Wieder zogen Dorje und Nyima Ulrike und Claudia an einem Seil nach oben, während Sabrina und Steffi dieses Hindernis mit großer Anstrengung, aber ohne Hilfe bewältigten. Wenig später stand die Gruppe auf dem höchsten Gipfel der Erde, wo Sandy sofort mehrere Fotos machte und sie über soziale Medien verbreitete. Da Ulrike und Claudia benommen wirkten und sich kaum noch aufrecht halten konnten, drängte Sandy freilich schon nach zwei Minuten zum Abstieg. Auch Sabrinas schwindende Sinne vermittelten ihr trotz des grellen Sonnenscheins nur noch ein verschwommenes Bild der Welt um sie herum, so dass sie kaum noch fähig war, sich zu vergegenwärtigen, wo sie sich befand. Wenig später erreichten die Expeditionsteilnehmerinnen wieder die Stelle am Fuß der Felsstufe, die sie kaum mehr als eine Dreiviertelstunde zuvor auf dem Weg nach oben überwunden hatten. Hier wurde rasch deutlich, dass Ulrike und Claudia zusammenzubrechen drohten und dem Tode nahe waren. Nach kurzem Nachdenken gab Sandy ihnen eine weitere Spritze, obwohl zwei Injektionen so kurz hintereinander als lebensgefährlich galten. Zum letzten Mal schien Dorje einen Einwand vorbringen zu wollen, doch Sandy brachte ihn mit einem hasserfüllten Blick zum Schweigen. Nachdem Ulrike und Claudia sich ein wenig erholt hatten, setzten sich alle wieder in Bewegung und näherten sich etwa eine Stunde später einer Stelle, an der die Bergflanke auf der rechten Seite beinahe senkrecht abfiel. Sabrina und Steffi war nur noch vage bewusst, dass jetzt der Moment gekommen war, den sie so lange erwartet und gefürchtet hatten.

Auf eine kurze Anweisung Sandys machte die Gruppe halt. Dann löste Sandy Claudias und Ulrikes Sicherungsseile und schickte die beiden Sherpas unter einem Vorwand voraus. Anschließend nahm sie zwei Smartphones aus ihrem Rucksack, und die beiden jungen Frauen stellten sich ihr gegenüber auf. Halb unbewusst bemerkte Sabrina, dass sich ihre schwarzen Daunenanzüge im hellen Licht des Nachmittags vom Schnee abhoben wie Tag und Nacht oder Leben und Tod, während sich am Fuß des Abgrunds dichte graue Wolken sammelten, die schon seit einiger Zeit beinahe unbemerkt aufgezogen waren. Ulrike und Claudia nahmen ihre Sauerstoffmasken ab, bevor Ulrike ihre letzten Worte von einem der Smartphones ablas, das Sandy ihr vor Augen hielt, während sie die Szene mit dem anderen Mobiltelefon filmte: »An alle, die uns zuhören! Unsere Mutter Erde ringt mit einer tödlichen, menschengemachten Krankheit. Wie Parasiten haben wir die Natur ausgesaugt und zerstört, bevor auch wir schließlich vernichtet werden, wenn wir nicht in letzter Minute umkehren. Chomolungma, die göttliche Mutter der Welt, hat uns an diesen Ort geführt und uns als Erste auserwählt zu sterben, damit die Erde überlebt und die Sonne auch weiterhin über ihrer Schöpfung aufgeht.« Dann ging alles sehr schnell. Ulrike und Claudia drehten sich um, Ulrike ergriff Claudias linke Hand und stürzte sich mit ihr kopfüber in die Tiefe. Wie durch einen fernen Schleier nahm Sabrina wahr, wie die beiden auf einen Felsvorsprung prallten und ihre leblos wirkenden Körper sich mehrmals überschlugen, bevor die Wolken sie verschlangen. Als alles zu Ende war, betrachtete Sandy die Bilder, schrieb eine kurze Nachricht und versandte sie über mehrere soziale Netzwerke. Es war das Letzte, was in Sabrinas Bewusstsein drang, bevor sie ohnmächtig wurde. Als sie wieder zu sich kam, kniete Sandy neben ihr und verabreichte ihr eine Spritze, die in kurzer Zeit ihre verbliebene Kraft weckte, obwohl sie, ebenso wie Steffi neben ihr, noch immer kreidebleich war. Sie hörte, wie Nyima, der mit Dorje zu der kleinen Gruppe zurückgekehrt war, Sandy anfuhr: »Chomolungma wird sich an dir und uns allen für diesen Frevel rächen!«, und sah, wie Dorje danach kurz mit Nyima sprach, bevor er seine Arme um Sabrinas und Steffis Schultern legte und sagte: »Wir werden alles tun, um euch sicher wieder nach unten zu bringen.«

Nachdem Sandy bereits wortlos vorausgegangen war, setzten kurz darauf schließlich auch Steffi und Sabrina ihren Abstieg fort. Nyima ging den beiden voraus, während Dorje ihnen folgte und sorgfältig darauf achtete, dass sie nicht vom Weg abkamen. Rasch näherte sich die Gruppe den aufsteigenden dunkelgrauen Wolken, die sie bereits nach kurzer Zeit einhüllten und aus denen bald mehr und mehr Schnee fiel, während der Wind stark auffrischte. Nachdem Sabrina zunächst wie losgelöst von der Welt in sich eine völlige Leere empfunden hatte, überfiel sie jetzt tiefe Verzweiflung über

Ulrikes und Claudias Tod, und sie spürte in manchen Augenblicken die Versuchung, ihnen zu folgen und sich in den Abgrund gleiten zu lassen, der sich hinter dem undurchdringlichen Nebel verbarg. Als sie jedoch in den Wolken Steffis Silhouette vor sich sah, fühlte sie sich ihr in ihrem Leid tiefer verbunden als je zuvor. Langsam, aber stetig weckte dieses wachsende seelische Band in ihr den Willen, mit ihr gemeinsam in ein anderes Leben zurückzukehren und dem Tod nicht das letzte Wort zu überlassen.

Während der Abstieg durch den zunehmend heftigen Wind und das dichte Schneetreiben immer schwieriger und gefährlicher wurde, bekamen die drei Frauen und die beiden Sherpas zum ersten Mal während dieser Expedition die grausame Macht der Kälte zu spüren, die ihre Gesichter in eine eisverkrustete Masse verwandelte und das Atmen durch ihre vereisten Sauerstoffmasken manchmal beinahe unmöglich machte. Nach einiger Zeit bemerkte Sabrina, dass der Reißverschluss ihres Daunenanzugs nach dem Aufstieg in prallem Sonnenschein noch immer ein wenig geöffnet war, und zog ihren rechten Handschuh aus, um ihn zu schließen. Als sie danach wieder nach vorne blickte, erstarrte sie vor Entsetzen, als sie am Hang links neben ihr die Leichen zweier Bergsteigerinnen sah, von denen sie sofort wusste, dass es sich um Ulrike und Claudia handelte. Als Dorje sie nach einigen Augenblicken erreichte, schrie sie ihm durch den beginnenden Sturm verzweifelt zu, was sie beobachtet hatte. Daraufhin legte er einen Arm um ihre Schulter und antwortete: »Da ist nichts ... Es ist ein Traum, eine Halluzination. Wir dürfen jetzt auf keinen Fall stehenbleiben, sondern müssen so schnell wie möglich zum Lager auf dem Südsattel absteigen.«

78

Sabrina vertraute ihm und wusste, dass er recht hatte. Als sie sich umdrehte, um weiterzugehen, war das Trugbild verschwunden, und sie setzten ihren Weg durch den allem Leben feindlichen Frost fort, der Sabrinas und Steffis Ausdauer ebenso wie ihre Fähigkeit, Leiden und Schmerz zu ertragen, auf das Äußerste erschöpfte. Obwohl Sabrina in den nächsten Stunden inmitten der bedrohlichen Umgebung zahlreiche Augenblicke bedrängender Angst und Verzweiflung erlebte, gab ihr der Gedanke, dass Steffi und Dorje ihr nahe waren, immer wieder neue Kraft und Hoffnung. Als sie endlich in der anbrechenden Dunkelheit den Lagerplatz am Südsattel erreichten, waren Sabrina und Steffi dem Zusammenbruch nahe. Rasch bauten die beiden Sherpas das Zelt auf, in dem die beiden gemeinsam die Nacht verbringen sollten, während Sandy einige Meter entfernt kurz darauf ihr Einzelzelt aufschlug. Als sie sich in ihr Zelt zurückzogen, blickten Sabrina und Steffi im Angesicht des Todes einander an, ohne ein einziges Wort zu wechseln, und wussten doch, dass sie alle ihre Gedanken und Gefühle miteinander teilten. Anschließend schlüpften beide in ihre Schlafsäcke, legten ihre kleinen Rucksäcke unter ihre Köpfe und fielen nach wenigen Minuten in einen ohnmachtsähnlichen Schlaf, obwohl sich der Wind zu einem Sturm entwickelte, der an ihrem Zelt riss und zerrte, als ob eine dämonische Gottheit sie ihren Zorn spüren lassen wollte. Als Sabrina erwachte, hatte der Sturm nachgelassen, doch bemerkte sie nach einigen Augenblicken, dass Steffi sich mit einem vor Angst starren Blick aufgerichtet hatte. Nachdem Sabrina sie gefragt hatte, was geschehen sei, antwortete Steffi: »Ich habe gehört, wie Claudia meinen Namen rief. Dann habe ich sie und Ulrike vor mir gesehen und habe in ihre blutigen, zerrissenen, kaum wiederzuerkennenden Gesichter geblickt ... Es war eine entsetzliche Erscheinung.« Sabrina befreite sich aus ihrem Schlafsack, umarmte Steffi lange und erwiderte: »Wir dürfen nicht aufgeben ... Wir müssen überleben und das Andenken an Ulrike und Claudia in uns bewahren ... und wir müssen uns gegenseitig beistehen.« Steffi nickte und antwortete: »Du hast recht ... Ich weiß, dass es eine Halluzination war. Und ich weiß auch, dass wir einander brauchen, damit nicht auch wir diesem Wahnsinn zum Opfer fallen.« »Ja«, sagte Sabrina und strich mit ihrer linken Hand über Steffis Haar, bevor beide sich wieder hinlegten und bis zum Anbruch der Dämmerung zu schlafen versuchten.

Als Sabrina und Steffi in den frühen Morgenstunden ihre Zelte abzubrechen begannen, bemerkte Sabrina entsetzt, dass der Ringfinger und der kleine Finger ihrer rechten Hand blau-schwarz verfärbt und steif gefroren waren und dass sie auch in den anderen Fingern fast jedes Gefühl verloren hatte. »Mein Gott, zwei Finger meiner rechten Hand sind erfroren«, sagte sie Augenblicke später zu Steffi, die ebenfalls bemerkt hatte, dass auch sie den kleinen Finger ihrer rechten Hand nicht mehr bewegen konnte. »Ich habe gestern während des Sturms meinen rechten Handschuh ausgezogen«, fuhr Sabrina fort. »Ich auch«, erwiderte Steffi. »Ich habe versucht, das Eis aus meiner Sauerstoffmaske zu entfernen.« In diesem Moment näherten sich Sandy, Dorje und Nyima den beiden Frauen. Sandy untersuchte kurz Steffis und Sabrinas Hände und bemerkte: »Das Gewebe ist nekrotisch ... Ihr werdet bald ein Krankenhaus aufsuchen müssen.« Nachdem sie Sabrinas und Steffis Finger verbunden und ihnen Antibiotika gegeben hatte, sagte Dorje: »Wir müssen so schnell wie möglich absteigen«, und fügte hinzu:

»Ihr werdet es schaffen.« Sabrina und Steffi antworteten mit einem dankbaren Lächeln, während sie beobachteten, wie Sandy offenbar wieder unablässig mit ihrem Smartphone Nachrichten verschickte. Wenig später machte sich die kleine Gruppe auf den Weg, während der Wind sich legte, und kurz darauf durchbrach die Sonne die sich langsam auflösende Wolkendecke. Wieder ging Sandy voraus, ohne Sabrina, Steffi, Dorje und Nyima weitere Aufmerksamkeit zu widmen, während die beiden Sherpas Sabrina und Steffi mit einem Seil sicherten und sie auf ihrem Weg durch die Lhotse-Wand unterstützten, die sie an einem Tag durchkletterten, um möglichst rasch in ein tiefer gelegenes Lager zu gelangen, da ihre Sauerstoffvorräte zur Neige gingen. Als sie am Abend den Lagerplatz am Fuß der Lhotse-Flanke erreichten und ihre Zelte aufschlugen, waren Sabrina und Steffi völlig erschöpft und legten sich bald darauf in ihren Schlafsäcken zur Ruhe. Der Sauerstoffmangel und das Klettern mit ihren halb erfrorenen Händen hatten sie fast all ihre verbliebene Kraft gekostet, und beide wussten, dass sie ohne Dorjes und Nyimas Hilfe nicht hätten absteigen können. Doch als sie einander vor dem Einschlafen umarmten, wussten sie, dass sie gemeinsam einen Weg in ein neues Leben finden würden, auch wenn ihnen noch nicht klar war, welcher Art es sein würde.

Am nächsten Tag setzten die drei Frauen und die beiden Sherpas ihren Weg nach unten fort und näherten sich am Abend dem Basislager. Während einer Rast am Mittag hatte Sandy die Gruppe um sich versammelt, um allen eine wichtige Nachricht zu übermitteln: »Ich habe heute Morgen eine Mitteilung aus dem Büro der ›Unbedingten‹ in den USA erhalten. Wie ich bereits wusste, hatte unsere Aktion eine ungeheure Wirkung im Internet, und auch Zeitungen und andere Medien berichten ständig darüber. Diese Aufmerksamkeit ist natürlich ganz in unserem Sinn, aber leider glaubt die nepalesische Regierung, dass wir damit dem Ansehen ihres Landes schaden, und möchte, dass wir nach einer Nacht im Basislager nach Namche Bazar aufbrechen, von wo ein Hubschrauber uns nach Kathmandu bringen wird, wo auch Sabrinas und Steffis erfrorene Finger behandelt werden können ... Anschließend werden wir nach einer polizeilichen Untersuchung wahrscheinlich so schnell wie möglich das Land verlassen müssen ... Dorje und Nyima werden mit uns nach Namche Bazar laufen und danach von dort nach Hause zurückkehren ... Wir werden unsere Zelte am Rand des Basislagers aufschlagen und den Kontakt mit anderen Bergsteigern meiden, wie es die nepalesische Regierung verlangt ... Dass alles so überstürzt abläuft, war zwar nicht vorgesehen, aber es zeigt, dass unsere Mission erfolgreich war, und das ist alles, was zählt.«

Nach ihrer Ankunft im Basislager zogen sich die drei Frauen sofort in ihre Zelte zurück, weil sie am nächsten Morgen früh aufstehen mussten, um den Weg nach Namche Bazar in einem Tag zurücklegen zu können. Zum ersten Mal seit längerem schliefen Sabrina und Steffi tief und fest, weil sie nicht mehr unter Sauerstoffmangel und Kälte litten und zudem auch der quälende Reizhusten, der sie seit Wochen begleitet hatte, langsam schwächer wurde. Am folgenden Morgen verließen sie kurz nach fünf Uhr das Basislager, begleitet von Dorje und Nyima, die sämtliche Lasten der drei Expeditionsteilnehmerinnen trugen. Während der langen, beschwerlichen Wanderung sprach kaum jemand ein Wort, doch wussten sich Sabrina und Steffi eng miteinander verbunden, was sie die Strapazen und ihre immer wieder aufbrechende Trauer um Ulrike und Claudia leichter ertragen ließ. Als sie gegen acht Uhr abends Namche Bazar erreichten, wartete bereits ein Hubschrauber auf sie, so dass sie kaum Zeit hatten, sich von den beiden Sherpas zu verabschieden. Dennoch umarmten Dorje und Nyima die beiden kurz und wünschten ihnen eine gute und sichere Heimkehr, nachdem sich Sabrina und Steffi für ihre Unterstützung bedankt hatten, ohne die sie möglicherweise nicht überlebt hätten.

Nach ihrer Landung in Kathmandu wurden die drei zunächst in ein Krankenhaus gebracht, wo sie gründlich untersucht wurden. Während Sandy in bemerkenswert guter körperlicher Verfassung war und die Nacht in einem Hotelzimmer verbringen konnte unter der Auflage, sich am nächsten Tag im Polizeipräsidium zu melden, empfahlen die Ärzte Sabrina und Steffi dringend eine sofortige Amputation der erfrorenen Finger, um Infektionen oder gar eine Sepsis durch die fortgeschrittene Frostgangrän zu vermeiden. Nach der Operation konnten beide das Krankenhaus bereits am späten Vormittag des nächsten Tages verlassen und wurden anschließend von zwei Polzisten ins Präsidium gebracht, wo sie auf Sandy trafen, die ihnen kurz berichtete, dass sie für die kleine Gruppe noch für denselben Abend einen Flug nach Frankfurt gebucht habe. Danach wurden Sabrina und Steffi gemeinsam befragt, wohingegen Sandy einzeln von zwei Polizeibeamten verhört wurde. Während sich die Polizisten gegenüber Sabrina und Steffi verständnisvoll zeigten und ihnen lediglich Fragen zu den »Unbedingten«, zur Vorgeschichte ihrer Expedition sowie zu Sandys Rolle bei der Aktion stellten, wurde Sandy einem strengen Verhör unterworfen, in dessen

Verlauf ihr immer wieder Aussagen der beiden Sherpas vorgehalten wurden, die noch am vorherigen Abend ausführlich befragt worden waren. Sandy wurde eine Mitschuld an Ulrikes und Claudias Suizid gegeben, der dem Ansehen Nepals schwer geschadet habe, und sie entging nach mehreren Telefonaten mit der amerikanischen Botschaft nur knapp der Verhaftung und einem Strafverfahren. Am Ende der Vernehmung wurde ihr neben der sofortigen Ausweisung mitgeteilt, dass sie Nepal nie wieder betreten dürfe. Sabrina und Steffi sahen sie ein letztes Mal, während sie im Vorraum auf das Taxi warteten, das sie wenig später zum Flughafen bringen sollte. Sandy vermied es, ihnen ins Gesicht zu sehen, als sie das Verhörzimmer verließ und von zwei Polizisten zum Flughafen eskortiert wurde, um den nächsten Flug in die USA anzutreten.

Am späteren Abend bestiegen auch Sabrina und Ulrike das Flugzeug, das sie zurück nach Deutschland bringen sollte. Kurz nach dem Abheben glaubten beide, in der Ferne die Silhouette des Mount Everest zu erkennen, der vor dem Hintergrund des Sternenhimmels die hellgraue, von Berggipfeln durchbrochene Wolkendecke weit überragte. Nachdem sie längere Zeit beobachtet hatten, wie der Himalaya langsam Teil einer unendlichen Ferne wurde, sah Steffi Sabrina an und sagte: »Ich denke schon seit Tagen über meine Zukunft nach ... Ich glaube, ich werde den ›Unbedingten‹ den Rücken kehren.« »Du ahnst, dass es mir ähnlich geht«, entgegnete Sabrina. »Ulrikes und Claudias Tod haben mir zusammen mit Sandys eiskaltem Fanatismus die Augen geöffnet. Ich will nicht, dass noch weitere Mitglieder der Gruppe ihr Leben für eine vermeintliche Rettung der Welt opfern. Der angeblich drohende Weltuntergang ist eine Illusion, aber dass sich unsere Freundinnen das Leben genommen haben, ist grausame Wirklichkeit. Wenn wir sie schon nicht wiedererwecken können, sind wir es ihnen zumindest schuldig, andere vor diesem Irrsinn zu bewahren.« »Ich sehe es genauso«, sagte Steffi und fuhr fort: »Wollen wir in eine gemeinsame Wohnung ziehen?« »Ja«, antwortete Sabrina mit einem Lächeln. »Daran habe ich auch schon gedacht. Wir haben so vieles gemeinsam ... die Trauer um Claudia und Ulrike, unsere eigene Begegnung mit dem Tod in den vergangenen Tagen ... und ein anderes, neues Leben in der Zukunft.« »Richtig«, sagte Steffi und ergriff Sabrinas Hand, bevor sie beide während des langen Fluges einige Zeit Ruhe fanden.

Knapp ein Jahr später kam Christian abends von der Universität nach Hause, wo Rebecca nach ihrem Arbeitstag an der Musikhochschule schon auf ihn wartete.

»Stell dir mal vor, wer heute in mein Büro gekommen ist«, sagte Christian nach einiger Zeit.

»Eine Person, der du lange nicht begegnet bist und mit der du nicht gerechnet hättest ... Ich weiß nicht ... Sabrina oder Steffi vielleicht? Du hast mir ja neulich erzählt, dass du glaubtest, Sabrina an der Uni gesehen zu haben.«

»Du hast recht, wie so oft ... Es waren Sabrina und Steffi. Sie wollten sich für mein Seminar im Sommersemester anmelden, das ja eine Fortsetzung des Seminars ist, das ich vor gut einem Jahr angeboten habe. Beide interessieren sich offenbar sehr für chiliastische Bewegungen, sicher auch aus persönlichen Gründen. Sie haben mir erzählt, dass sie jetzt in einer gemeinsamen Wohnung leben und nach einer längeren Unterbrechung ihr Studium wiederaufnehmen wollen.«

»Der Tod ihrer beiden Freundinnen muss für sie eine traumatische Erfahrung gewesen sein. Sie haben hinterher natürlich eine lange Pause gebraucht, um in ein hoffentlich anderes Leben zurückzufinden, zumal die Geschichte in den Medien hohe Wellen geschlagen hat und sie immer wieder von Journalisten bedrängt wurden.«

»Ja. Inzwischen hat sich die Aufregung glücklicherweise gelegt, aber man merkt ihnen noch immer an, welch tiefe Verletzungen ihre Erlebnisse hinterlassen haben ... auch körperlich. Sabrina fehlen zwei Finger der rechten Hand, und bei Steffi musste der kleine Finger amputiert werden.«

Rebecca nickte stumm, bevor Christian fortfuhr: »Die beiden würden wieder gerne über ihre Hausarbeiten im kommenden Semester sprechen. Ich habe sie eingeladen, an einem Nachmittag für ein paar Stunden zu uns zu kommen. Ich hoffe, dass du nichts dagegen hast.«

»Nein, ganz und gar nicht. Ihre Geschichte ist uns beiden sehr nahegegangen, zumal wir sie ein wenig kannten ... Ich fühlte mich durch sie an eigene Erfahrungen erinnert.«

»Ich weiß ... Ich auch«, erwiderte Christian, und die beiden umarmten einander.

Als Sabrina und Steffi etwa zwei Wochen später an der Wohnungstür klingelten, bemerkten Rebecca und Christian auf den ersten Blick, wie stark sich beide verändert hatten. Sie hatten noch immer dieselbe Frisur, trugen aber keine schwarze Kleidung mehr, sondern blaue Jeans und bordeauxrote Kapuzensweatshirts. In ihren Gesichtern dagegen zeigten sich mehrere tiefe Falten, und ihr Blick spiegelte eine leise Melancholie und eine innere Unruhe wider, die Rebecca und Christian tief berührte.

Als die vier eine Stunde später im Wohnzimmer saßen, erzählten Sabrina und Steffi ausführlich von ihrer Expedition zum Mount Everest. Danach sagte Sabrina:

»Wir haben uns nach unserer Rückkehr von den ›Unbedingten‹ getrennt, und kurz darauf hat sich die Gruppe weltweit ohnehin aufgelöst, nachdem insbesondere Sandy, aber auch Michaela und Barbara heftig kritisiert worden waren ... Wie ihr wisst, wurde ihnen eine erhebliche Mitschuld an allem gegeben, was geschehen ist. Auch wir wurden ständig von Journalisten dazu gedrängt, Interviews zu geben, in denen uns alle möglichen persönlichen Fragen gestellt wurden. Trotz aller Probleme, die es bei uns zu Hause gegeben hatte, haben sich unsere Familien schließlich bereiterklärt, uns finanziell zu helfen, und wir haben gemeinsam eine längere Reise nach Brasilien gemacht, wo wir mehrere Monate in Umweltprojekten am Amazonas gearbeitet haben. Das hat uns erlaubt, ein wenig Abstand von unseren Erlebnissen am Mount Everest zu gewinnen. Seit unserer Rückkehr vor acht Wochen leben wir jetzt in unserer gemeinsamen Dreizimmerwohnung in der Nähe des Ostbahnhofs ... Langsam fassen wir hier in Frankfurt wieder Fuß, aber die Ereignisse des letzten Jahres haben in uns unauslöschliche Spuren hinterlassen.«

»Nicht zuletzt erinnern unsere amputierten Finger uns ständig daran, dass wir Ulrike und Claudia für immer vermissen werden. Sie fehlen uns ... wie ein Teil unserer Hände«, fügte Steffi hinzu.

Rebecca und Christian nickten voller Mitgefühl, bevor Steffi fortfuhr: »Wir machen uns beide Vorwürfe, weil wir überlebt haben, während Claudia und Ulrike sterben mussten. Wer weiß? Vielleicht könnten sie noch leben, wenn wir früher diesem Endzeitfanatismus den Rücken gekehrt und die beiden davon überzeugt hätten, mit uns die Gruppe zu verlassen.«

»Ich glaube, ihr braucht euch nichts vorzuwerfen«, antwortete Rebecca. »Einfach so zu gehen ist alles andere als leicht. Schließlich kann man Entscheidungen, die tief in der eigenen Lebensgeschichte wurzeln, nicht von einem Tag auf den anderen über den Haufen werfen. So etwas ist immer ein schmerzlicher Prozess, der lange Zeit dauert.«

»Außerdem haben Leute wie Sandy eure emotionale Notlage bewusst und geschickt ausgenutzt«, fügte Christian hinzu.

»Danke für eure tröstenden Worte«, entgegnete Sabrina. »Ich weiß, dass ihr recht habt, aber trotzdem werden uns diese Gedanken wohl für den Rest unseres Lebens beschäftigen.«

»Das ist sehr verständlich«, sagte Rebecca und fuhr fort: »Es freut uns, dass ihr jetzt zusammenlebt. Ihr werdet euch gegenseitig unterstützen, und auf Dauer werden die Trauer und die Erinnerung an eure traumatischen Erfahrungen zwar nicht verschwinden, aber ihr werdet mehr und mehr Hoffnung schöpfen, und eure Kraft wird zurückkehren.«

»Das hoffen wir«, erwiderte Steffi, während sie Sabrinas Hand drückte.

Nachdem die beiden eine halbe Stunde später gegangen waren, sagte Rebecca zu Christian:

»Sabrina und Steffi haben beide tiefe persönliche Krisen erlebt, wie wir auch ...«

»Richtig«, antwortete Christian. »Sie haben sicher gespürt, dass wir aufgrund eigener Erfahrungen viel Verständnis für sie haben, und deshalb haben sie mit uns vielleicht auch so offen und ausführlich über ihre Gedanken und ihre Erlebnisse gesprochen.«

»Ja, dieses Gefühl habe ich auch ... Und ich glaube, dass sie irgendwann diesen wohl schwierigsten Abschnitt ihres Lebens endgültig hinter sich lassen werden, auch wenn Gruppen wie die ›Unbedingten‹ wahrscheinlich auch in Zukunft ihr Unwesen treiben werden.«

»Das ist leider zu befürchten. Das Auftreten solcher Endzeitsekten ist immer ein Zeichen einer gesellschaftlichen Krise, und sie ziehen oft Menschen an, die sich in einer schwierigen persönlichen Situation befinden. Das ist heute nicht anders als in der näheren oder ferneren Vergangenheit«

»Ja«, antwortete Rebecca. »Aber immerhin haben Sabrina und Steffi überlebt, und wenigstens für sie hatte der Tod nicht das letzte Wort.«

»Das stimmt«, sagte Christian und ergriff Rebeccas Hand, bevor die beiden einander stumm umarmten.

Novembernacht

Es war bereits tief dunkel, als sich der Zug dem östlichen Stadtrand Frankfurts näherte. Rebecca und Christian hatten am Morgen Venedig verlassen, wo sie fast eine ganze Woche verbracht hatten, und waren danach den ganzen Tag unterwegs gewesen. Während Christian ein Buch las, hörte Rebecca Musik und sah in die Finsternis der Oktobernacht hinaus, in der sich, vom Fluss ausgehend, erste Nebelschwaden ausbreiteten. Schließlich nahm sie ihren Kopfhörer ab, und Christian sagte:

»Wir sind gleich da ... Was hast du dir angehört?«

»Das Requiem von Verdi. Das Dies Irae mit seinen Paukenschlägen beeindruckt mich immer wieder«, antwortete Rebecca.

»Ich weiß, was du meinst. Diese Musik erinnert in der Tat an ein göttliches Strafgericht und an das Ende der Welt.«

»Stimmt«, erwiderte Rebecca, während sie den Frankfurter Ostbahnhof erreichten und aus dem fahrenden Zug auf das einsame, teilweise von wilder Vegetation überwucherte, sich über mehrere Quadratkilometer erstreckende Gelände des Güterbahnhofs blickten, das von zahllosen Lampen in ein unwirkliches gelbes Licht getaucht wurde.

»Diese Gegend hier hat ihre ganz eigene Atmosphäre«, sagte Rebecca und fuhr fort: »Es ist ein verlorener Ort, eine fremde Welt mitten in der Großstadt, nicht weit vom Zentrum entfernt.«

»Wir kennen diesen Teil der Stadt ziemlich gut von der Zeit, als ich noch in dem Studentenheim am Deutschherrnufer gewohnt habe.«

»Richtig. Schon damals hat dieser verlassene Bahnhof eine düstere Faszination auf mich ausgeübt. Er erinnert mich an Detroit und Cleveland in der Vergangenheit.«

»Mir geht es ähnlich. Auch ich fühle mich von solchen Orten angezogen«, entgegnete Christian, bevor sie wenige Minuten später am Frankfurter Hauptbahnhof den Zug verließen.

Nachdem sie in ihrer gemeinsamen Wohnung im Westend angekommen waren, sagte Rebecca zu Christian:

»Nach der schönen kleinen Urlaubsreise beginnt jetzt wieder der Alltag.«

»Ja«, antwortete Christian und fuhr fort: »Ich werde morgen das letzte Kapitel meiner Dissertation in Angriff nehmen.«

»Und bei mir fängt der Unterricht an der Musikhochschule wieder an. Abends kommt dann noch meine Privatschülerin, die ich bisher immer an der Hochschule getroffen habe.«

»Lydia, die Altamerikanistik-Studentin?«, fragte Christian.

»Genau. Ich habe dir ja schon ein wenig von ihr erzählt. Sie studiert kein alltägliches Fach, und sie hat auch keine ganz gewöhnliche Persönlichkeit.«

»Sie arbeitet doch auch an einer Dissertation, oder?«

»Ja, über die Azteken. Sie geht ganz in diesem Thema auf und weiß alles darüber.« Christian nickte und erwiderte:

»Da bin ich natürlich neugierig. Ich werde sie dann ja morgen kennenlernen.«

»Ja. Ich glaube, du wirst dich gut mir ihr verstehen,

genauso wie ich ... Sie verbringt ziemlich viel Zeit mit Freundinnen aus der Gothic-Szene, und man sieht es ihr auch an ... die schwarze Kleidung, die Piercings, du weißt schon ... Aber sie ist auch eine hervorragende Studentin, die ihr Examen mit Eins bestanden hat, und sie spielt nebenbei auch ziemlich gut Klavier. Ich mag sie, und ich glaube, dass auch ihr beide viel gemeinsam habt.«

»Das ist gut möglich. Du kennst mich, und du weißt, wer zu mir passt«, entgegnete Christian und fuhr nach einigen Augenblicken fort: »Hast du übrigens wieder etwas von Andrea gehört?«

»Ja, sie hat mir gestern eine Nachricht geschickt. Sie wird nach mehr als neun Monaten in Bad Wildbad in den nächsten Wochen nach Frankfurt zurückkehren. Es geht ihr mittlerweile viel besser. Sie arbeitet wieder an ihrer Dissertation und hat einige gute Ideen, von denen ihr Promotionsbetreuer ganz begeistert ist. Außerdem hat sie im Schwarzwald Mountainbiking als neues Hobby entdeckt, das ihr im wörtlichen wie im übertragenen Sinn Kraft gibt«, erwiderte Rebecca.

»Ich bin froh, dass sie diese schlimme Krise überstanden hat ... Wir werden sie dann ja wohl bald wiedersehen ...«

»Ja, es dürfte nicht mehr allzu lange dauern, und ich freue mich natürlich auch darauf, sie zu sehen ... Aber zuerst wirst du morgen Lydia treffen.«

»Richtig. Sie ist offenbar eine ziemlich außergewöhnliche Person ...«

»Das stimmt«, erwiderte Rebecca.

Als Lydia am frühen Abend des nächsten Tages an der Wohnungstür klingelte, öffnete Rebecca und stellte sie Christian vor. Lydia war etwa 25 Jahre alt, ein wenig größer als Rebecca, und hatte schulterlange, glatte dunkelbraune Haare, die an manchen Stellen grün und rot gefärbt waren. Sie trug schwarze Jeans und einen schwarzen Pullover, die beide einen scharfen Kontrast zu ihrer hellen Haut bildeten, und mehrere kleine Ringe in ihren Lippen, ihrer Nase und ihren Augenbrauen.

»Schön, dich kennenzulernen«, sagte Christian und fuhr fort: »Ich habe schon einiges von dir gehört, vor allem über deine Begeisterung für die Azteken ... Ich würde gerne mehr darüber erfahren.« Lydia lächelte, und Rebecca sagte, zu Lydia gewandt:

»Vielleicht hast du nach unserer Klavierstunde noch etwas Zeit und kannst uns mehr über dich erzählen. Es fasziniert mich immer wieder, dir zuzuhören.«

»Das lässt sich machen«, entgegnete Lydia, bevor beide in Rebeccas Arbeitszimmer gingen, wo ihr Flügel stand. Daraufhin setzte sich Christian an den Tisch im Wohnzimmer und las die Zeitung, während Lydia nebenan die Rhapsodie in g-Moll von Johannes Brahms und das Nachtstück in Des-Dur von Robert Schumann spielte.

Als sie nach dem Ende ihrer Unterrichtsstunde im Wohnzimmer saßen, fragte Rebecca Lydia:

»Wie entwickelt sich deine Dissertation?«

»Ich mache erste Fortschritte, aber ich stehe noch am Anfang und bin dabei, Material zu sammeln. Es geht um einen Vergleich der Darstellungen aztekischer Fruchtbarkeitsgötter in den Schriften der Azteken und in europäischen Berichten. Um dieses Thema zu bearbeiten, muss ich eine große Zahl aztekischer Codices analysieren, was natürlich längere Zeit dauern wird.«

»Das Material ist oft unüberschaubar. Dieses Problem kenne ich aus eigener Erfahrung«, antwortete Christian. »Soweit ich weiß, gibt es viele dieser Codices. Aus meinen Büchern über präkolumbianische Zivilisationen erinnere ich mich an den Florentiner Codex und den Codex Mendoza.«

»Ich sehe, du kennst dich aus«, sagte Lydia.

»Christian hat als zweites Fach Geschichte studiert, wie du auch ...«, sagte Rebecca. »Ich habe von ihm schon viel erfahren, auch über die Geschichte meiner Familie.«

»Die Vergangenheit ist immer Teil unserer Identität«, erwiderte Lydia. »Das gilt auch für die Geschichte der Azteken, auch wenn die Verbindung natürlich nicht so offenkundig ist wie bei anderen Themen. Die meisten Leute wissen, dass Tomaten und Schokolade aus dem Aztekenreich stammen, und nicht zuletzt kennt jeder die berüchtigten Menschenopfer, aber nur wenige wissen mehr über diese Zivilisation. Bei genauerem Hinsehen entdeckt man bei aller Fremdartigkeit freilich immer mehr Gemeinsamkeiten zwischen uns und den Azteken, denn letztlich waren sie Menschen wie wir, und ihre Kultur und ihre Geschichte hatten eine helle und eine dunkle Seite, wie unsere auch.«

»Das stimmt. Gerade Rebeccas Familie hat diese Erfahrung auch gemacht«, sagte Christian.

»Ja«, erwiderte Rebecca. »Ich habe Lydia manches erzählt ... Aber auf jeden Fall fühle ich mich hier in der Gegenwart ziemlich wohl.«

»Das ist das Wichtigste«, entgegnete Lydia, bevor Rebecca fortfuhr:

»Dann wird die Arbeit an deiner Dissertation wohl noch lange Zeit dauern ...«

»Ja, vermutlich noch mindestens fünf Jahre. Glücklicherweise habe ich eine halbe Stelle als Assistentin an unserem Institut.«

Christian nickte und fuhr fort: »Du hast natürlich Aztekisch gelernt und kannst auch die Bilderschrift der Azteken entziffern.«

»Ja ... Manchmal träume ich sogar schon auf Nahuatl.«

»Das zeigt, dass du dir das richtige Studienfach ausgesucht hast«, antwortete Rebecca.

»Ich glaube, so kann man es ausdrücken«, erwiderte Lydia mit einem Lächeln.

»Das Verständnis der Schrift ist, glaube ich, nicht gerade einfach. Es gab ja ursprünglich kein Alphabet und auch keine voll entwickelte Hieroglyphenschrift wie bei den Maya oder in Ägypten«, sagte Christian.

»Richtig«, entgegnete Lydia. »Man muss bei dieser Bilderschrift oft zumindest im Wesentlichen wissen, worum es geht. Die Schrift der Azteken war eher eine Art Zeichensystem, wie es Dolmetscher benutzen, und diente sozusagen als Gedächtnisstütze. Aber wenn man sich auskennt, kommt man schon zurecht, zumal viele aztekische Texte später auch in lateinischen Buchstaben wiedergegeben wurden.«

»Du meinst, dass die Azteken nach der Ankunft der Spanier für ihre Sprache auch unsere Schrift verwendet haben«, sagte Rebecca.

»Genau«, erwiderte Lydia. »Das ist jedenfalls bei einem großen Teil der aztekischen Codices so.«

»Ein spannendes Thema ...«, sagte Rebecca.

»Ja«, antwortete Lydia. »Auf jeden Fall ist es, was die Wissenschaft angeht, meine große Liebe.« Dann fuhr sie, zu Christian gewandt, fort: »Du schreibst auch eine Dissertation ... Worum geht es dabei genau?«

»Um das Verhältnis von Traum und Wirklichkeit in phantastischen Erzählungen des 19. und 20. Jahrhunderts. Ich arbeite gerade am letzten Kapitel und hoffe, dass ich noch dieses Jahr fertig werde.«

»Ich lese seit meiner Jugend auch gerne phantastische Literatur, zum Beispiel Edgar Allan Poe und die phantastischen Novellen Maupassants«, entgegnete Lydia.

»Ich kenne diese Autoren sehr gut, und ihre Erzählungen beschäftigen auch heute noch meine Phantasie ... Erstaunlicherweise gibt es aber nur wenige bekannte phantastische Romane und Erzählungen, in denen es um die Azteken geht, obwohl sich der Stoff eigentlich dafür eignen würde.«

»Das stimmt. Vieles könnte uns als Traum oder als Alptraum erscheinen, obwohl es historische Wirklichkeit war«, sagte Lydia.

»Traum und Wirklichkeit sind sich manchmal näher, als man glaubt«, erwiderte Rebecca und fragte nach einer kurzen Pause: »Wo wohnst du eigentlich?«

»Ganz im Osten der Stadt, in der Nähe des Bahnhofs Frankfurt-Mainkur, nicht weit von der Bahnstrecke nach Hanau entfernt. Ich lebe in einer WG mit meiner Freundin Eva. Wir kennen uns aus der Gothic-Szene und wohnen schon seit mehreren Jahren zusammen. Sie arbeitet übrigens auch an einer Dissertation ... über den italienischen Faschismus. Sie ist gerade mit Recherchen in einem Archiv in Rom beschäftigt. Deshalb werde ich zu Hause noch mehrere Wochen lang allein sein. Das heißt natürlich nicht, dass ich deswegen einsam wäre, auch wenn ich gerne mit meinen Gedanken und Träumen allein bin. Am ersten November, also am kommenden Samstag, treffe ich mich beispielsweise nachts mit anderen Gothic-Fans zu einer Party in einem halb verfallenen Bunker hinter dem Güterbahnhof.«

»Wir kennen diese Gegend«, antwortete Rebecca. »Ist es dir dort nachts nicht zu gefährlich und zu unheimlich?«

»Du hast schon recht ... Das Gelände wirkt nachts nicht unbedingt anheimelnd, und es ist gerade für Frauen auch nicht ganz ungefährlich. Aber immerhin habe ich jahrelang Karate und Jiu-Jitsu gemacht und trainiere auch heute noch regelmäßig, wenn ich Zeit dazu habe. Dadurch fühle ich mich ein wenig sicherer. Außerdem gehören die Gefahr und die Konfrontation mit dem Tod zu meinem Leben, was auch in unserer Wohnungseinrichtung und meinen musikalischen Vorlieben zum Ausdruck kommt, wie zum Beispiel Gothic Metal und Gothic Rock. Freilich mag ich auch klassische Musik, wie die Stücke, die ich heute gespielt habe. Auf einer tieferen Ebene haben die Werke klassischer Komponisten und moderne Musikstile manchmal mehr gemeinsam, als viele auf den ersten Blick glauben.«

»Das stimmt«, entgegnete Rebecca. »Die Begegnung mit dem Tod, dem Unbewussten und der dunklen Seite der menschlichen Seele spielt in allen Arten von Musik eine Rolle, und insofern sind gerade die Musik der Romantik und Richtungen wie Gothic Metal nicht ganz so unähnlich, wie man es vermuten würde.«

»Genau«, sagte Lydia. »Ich habe immer sehr gerne romantische Musik gespielt, und ich glaube, ich mache Fortschritte. Ich hatte schon als Teenager eine Leidenschaft für Klaviermusik, aber in der Schulzeit habe ich vor allem mit Rhythmen und Fingersätzen ziemlich auf Kriegsfuß gestanden.«

»Das muss wohl schon lange Zeit her sein ... Jetzt merkt man auf jeden Fall nichts mehr davon«, entgegnete Rebecca.

»Danke«, sagte Lydia und fuhr fort: »Auf jeden Fall lerne ich eine Menge von dir, und ich freue mich schon auf unsere nächste Stunde.«

»Dann kannst du uns mehr von den Azteken und von der Party am Samstag erzählen«, sagte Rebecca.

»Das werde ich gerne tun«, erwiderte Lydia, bevor sie sich von Rebecca und Christian verabschiedete.

Nach knapp einer Stunde erreichte sie das Haus am äußersten östlichen Stadtrand Frankfurts, wo sie sich mit Eva eine Dreizimmerwohnung im Dachgeschoss teilte. Das Haus lag am Waldrand auf einem kleinen Hügel, so dass sie von ihrem Zimmer aus einen weiten Blick über das Flusstal und das Gelände des Güterbahnhofs hatte, das nachts hell erleuchtet war. Lydia sah für einige Minuten aus dem Fenster, und ihre Blicke streiften dabei auch den einstigen Hochbunker aus der Zeit des Zweiten Weltkriegs, in dem sie sich manchmal mit einer Gruppe von Freundinnen und Bekannten traf. Anschließend setzte sie sich an ihren Schreibtisch und arbeitete, ohne auf die Zeit zu achten, bevor sie schließlich gegen vier Uhr morgens zu Bett ging.

Die nächsten Tage vergingen rasch für Lydia, angefüllt mit Arbeit an ihrer Dissertation und an der Universität. Auch den Samstag verbrachte sie mit der Lektüre aztekischer Codices, bis der Abend anbrach und sie sich auf die Party vorbereitete. Sie schminkte ihr Gesicht so, dass die Gegensätze zwischen ihrer hellen Haut und ihren dunklen Wimpern und Augenbrauen noch deutlicher hervortraten, und sah danach in den Spiegel in ihrem Zimmer, dessen teilweise von dunklen Bücherregalen verdeckte Wände schwarz tapeziert waren, während die Decke weiß gestrichen war.

Danach machte sie sich gegen halb neun auf den Weg, der sie in der kalten, nebligen Novembernacht zu dem Bunker in einem entlegenen, verlassenen Areal des

Güterbahnhofs führte. Nachdem sie zunächst mehrere Gleise überquert hatte, auf denen lange Züge abgestellt waren, erreichte sie den hinteren Teil des Bahnhofs, der nicht mehr benutzt wurde und in dem sich mannshohe Disteln ausgebreitet hatten, überragt von bis zu drei Meter hohen Stauden des Riesen-Bärenklaus, deren abgestorbene braune Dolden und gezahnte Blätter im gelben Licht der zahlreichen Lampen lange Schatten warfen und die im milchigen Nebel wie gespenstische, fremde Wesen aus dem Nichts aufzutauchen schienen. Je näher Lydia auf einem schmalen Trampelpfad ihrem Ziel kam, desto dichter wurde die bedrohlich wirkende Vegetation, und sie musste sich vorsehen, um nicht mit den Blättern und Stängeln des Bärenklaus in Berührung zu geraten, die in ihrem Gesicht und an ihren Händen schon einige Male schmerzhafte Verbrennungen hinterlassen hatten.

Als sie das vom Verfall bedrohte, an manchen Stellen von dünnen Rissen durchzogene Gebäude erreichte, waren bereits viele Angehörige der Gothic-Szene versammelt, von denen Lydia einige von ihren regelmäßigen Treffen kannte. Obwohl mehrere Heizstrahler etwas Wärme verbreiteten, war es in dem von hellgrauen Betonwänden umschlossenen Raum noch immer kalt und feucht. Zahlreiche sich drehende Lampen tauchten das Innere des Bunkers in verschiedene, rasch wechselnde Farben, während die Rhythmen lauter Technomusik von den kahlen Wänden widerhallten.

Nach einigen Minuten bemerkte sie, dass sich unter den Partygästen auch Barbara befand, die sie von ihrem gemeinsamen Karate- und Jiu-Jitsu-Training kannte. Sie war 26 Jahre alt und arbeitete seit etwa einem halben Jahr an einer Dissertation über die Geschichte Spaniens im 16. Jahrhundert, weshalb sie in letzter Zeit drei Monate in Spanien verbracht hatte. Barbara war ein wenig größer als Lydia und trug schwarze Jeans und eine schwarze Lederjacke, deren Farbe sich deutlich von ihrer hellen Haut und ihren eher kurzen hellblonden Haaren abhob. Auch sie trug mehrere Piercings in ihren Augenbrauen, ihren Ohren und ihren Lippen. Beide Frauen waren glücklich, einander wiederzusehen, und Lydia sagte:

»Wir haben viel zu lange nichts voneinander gehört.«

»Stimmt«, entgegnete Barbara. »Ich vermisse dich, nicht nur als Trainingspartnerin.«

»Ich hatte in den letzten Monaten leider nicht mehr so viel Zeit für Sport.«

»Mir ging es ähnlich ... der Aufenthalt in Spanien, die Arbeit an meiner Dissertation ... Aber ich habe mir fest vorgenommen, jetzt wieder mit dem Training anzufangen.«

»Ich auch. Wenn wir uns gegenseitig motivieren, schaffen wir es bestimmt«, antwortete Lydia und fuhr nach einem Augenblick fort: »Es sind heute viele Leute hier, die ich noch nie gesehen habe.«

»Ich habe viele auch noch nie getroffen. Einige werden wir sicher im Lauf der Nacht kennenlernen.«

Nachdem beide sich in zwei alte schwarze Ledersessel gesetzt und sich längere Zeit unterhalten hatten, deutete Lydia auf eine gläserne Dose auf dem kleinen Tisch vor ihnen, die mit einem goldenen Deckel verschlossen war.

»Was ist denn das?«, fragte sie.

»Das sind halluzinogene Pilze ... die neueste Mode, auch unter Gothic-Fans. Ich habe sie auch schon probiert«, entgegnete Barbara.

»Wie war deine Erfahrung damit?«, fragte Lydia mit einer Mischung aus Neugier und Skepsis.

»Man sieht die Welt mit anderen Augen. Alle Ein-

101

drücke werden viel stärker, die Farben sind intensiver, die Geräusche lauter, alles verschwimmt miteinander, und manchmal taucht man in langen Träumen in eine andere Welt ein. Es ist ein Erlebnis, das man nie vergisst.«

Lydia nickte und antwortete nach einem Augenblick des Nachdenkens:

»Ich habe mir eigentlich vorgenommen, nie Drogen zu nehmen.«

»Ich auch ... Aber diese Pilze machen nicht süchtig, und sie haben auch keine gesundheitsschädigende Wirkung.«

»Ich weiß. Ich habe davon gelesen«, erwiderte Lydia und fragte: »Wie heißen diese Pilze?«

»Es gibt verschiedene Sorten ... Was für ein Pilz es genau ist, steht bestimmt unten drauf«, antwortete Barbara, drehte die Dose um und las die Beschriftung eines kleinen Aufklebers auf der Rückseite. Dann sagte sie mit einem Ausdruck von Erstaunen und Belustigung:

»Psilocybe aztecorum ... Hey, das würde doch zu dir passen.«

Lydia lachte und antwortete: »Stimmt ... Die Azteken haben in der Tat auch bei manchen Gelegenheiten solche Pilze gegessen. Es wäre für mich also eine Art praktische Erfahrung ...«

»Klar. Aber ich will dich zu nichts überreden.«

»Ich weiß ... Ich werde es mir nochmal überlegen.«

Nachdem sie danach noch fast eine Stunde miteinander verbracht hatten, sagte Barbara schließlich: »Mir ist kalt ... Ich glaube, ich gehe etwas tanzen. Kommst du mit?«

»Ja ... in ein paar Minuten«, entgegnete Lydia.

»Dann bis gleich«, sagte Barbara, während Lydia allein vor dem kleinen Tisch zurückblieb und gedankenverloren die gläserne Dose betrachtete. Sie zögerte längere Zeit, schraubte dann aber den goldenen Deckel ab, nahm einen der Löffel, die auf einem Teller bereitlagen, und aß ein wenig von der braunen, leicht bitter schmeckenden Paste, die sich darin befand. Daraufhin ging sie zur Tanzfläche, wo sie Barbara wiedertraf. Nach etwa einer Viertelstunde spürte Lydia schließlich ein leichtes Gefühl des Schwindels, während der pochende Rhythmus der Musik ihren ganzen Körper durchdrang und die rotierenden Lampen sich in grell leuchtende Sterne verwandelten, deren Licht den beinahe unendlich großen Raum erhellte, als ob tausend Sonnen am Himmel stünden. Schließlich sagte sie zu Barbara:

»Ich muss eine kleine Pause machen.«

»Alles klar«, antwortete Barbara, bevor Lydia zu dem Tisch zurückkehrte, an dem sie zuvor gesessen hatte, und sich in einen der Sessel fallen ließ.

Während sie an die Decke sah, begann sich die Welt um sie herum immer rascher zu verwandeln. Schließlich erblickte sie, auf einem Berg stehend, aus der Ferne einen tiefblauen See, der eine von Kanälen durchzogene Stadt umgab, in deren Mitte sich ein großes, pyramidenähnliches Gebäude erhob. Es war eine große Stadt, und Lydia schätzte, dass sie vielleicht 250.000 Einwohner beherbergte, deren Behausungen zu einem großen Teil aus schilfgedeckten Hütten bestanden, wohingegen die Pyramide im Zentrum von Steinhäusern, Palästen und einem großen Park umgeben war. Als Lydia sich umblickte, erkannte sie im Dunst des Frühsommernachmittags die Umrisse weiterer Seen, in der Ferne überragt von schneebedeckten Vulkanen. Während Lydia, überwältigt von dem Anblick, ihre Wahrnehmungen in sich aufnahm, sah sie sich plötzlich mitten in die Stadt versetzt, ohne dass sie wusste, wie ihr geschehen war. Offenkundig befand sie sich in der Nähe eines Marktplatzes, denn die vielen Menschen, die ihr begegneten, trugen Körbe, gefüllt mit Früchten und leuchtend gelben Maiskolben. Während Lydia sich im Gehen umwandte, um die Häuser neben der schmalen Gasse in Augenschein zu nehmen, stieß sie plötzlich mit einer Person zusammen, die sie nicht bemerkt hatte.

»Entschuldige«, sagte die junge Frau und fuhr fort: »Ich muss dich im Gedränge übersehen haben.«

»Kein Problem«, stammelte Lydia. »All die Eindrücke sind wohl etwas zu viel für mich.«

»Ja, du wirkst in der Tat ziemlich verloren und so, als ob du Tenochtitlan noch nie gesehen hättest.«

»Das stimmt«, erwiderte Lydia. »Ehrlich gesagt, ich weiß nicht, wie ich hierher geraten bin.«

»Das kommt vor ... Viele Menschen sind wie erschlagen vom Aussehen der Stadt und verlieren schnell die Orientierung. Weißt du, wohin du willst?«

»Leider nein ... Ich muss mich erst zurechtfinden.«

»Woher kommst du?«, fragte die junge Frau.

»Von sehr weit her ...«, entgegnete Lydia.

»Man hört es ein wenig, obwohl du unsere Sprache fast perfekt sprichst ... Es passiert nicht so selten, dass Fremde wie von Sinnen sind, wenn sie aus einer fernen Provinz zu uns kommen.« Ihre Gesprächspartnerin musterte Lydia mit einem Ausdruck freundlicher Neugier und fuhr fort:

»Mir geht es manchmal ähnlich, wenn wir auf Reisen gehen ... Wenn du möchtest, kannst du mich nach Hause begleiten und mir ein wenig Gesellschaft leisten, bis deine erste Verwirrung vorübergeht ... Übrigens, mein Name ist Citlali.«

»Ich bin Lydia.«

Citlali wiederholte Lydias Namen und sagte dann: »Du musst wirklich von sehr weit herkommen. Diesen Namen habe ich noch nie gehört, und auch dein Aussehen wirkt etwas fremdartig. Das macht mich neugierig. Komm mit mir!«

Während Citlali diese Worte sprach, nahm Lydia zum ersten Mal ihre äußere Erscheinung bewusst wahr. Sie war etwa so groß wie sie, aber ein wenig jünger, und trug, ähnlich wie Lydia selbst, einen langen, rot-weiß gestreiften Rock und eine Bluse in denselben Farben. Ihre schwarzen Haare waren hinter ihrem Kopf zu einem kleinen Knoten zusammengebunden und ließen ihr hübsches Gesicht frei, dessen Haut heller wirkte als die dunkle, rötlich-braune Hautfarbe der meisten anderen Menschen. Sie trug, wie fast alle Marktbesucher, einen großen, geflochtenen Korb, in dem Maiskolben lagen, die freilich kleiner waren als jene, an die Lydia sich vage erinnerte.

Lydia folgte Citlali auf ihrem Weg durch mehrere Straßen, bis sie ein vergleichsweise großes Haus erreichten, das aus rötlich-gelben Ziegelsteinen errichtet worden war. Citlali und Lydia gingen um das Haus herum und durchquerten einen kleinen Innenhof, bevor sie durch eine hölzerne Tür das Haus betraten. Citlali führte Lydia zunächst in einen kleineren Raum, in dem ein Herd stand und an dessen Wänden auf einem umlaufenden Mauervorsprung Früchte und Maiskolben aufgereiht waren. Citlali legte den Inhalt ihres Korbs auf die Ablage. Danach zeigte sie Lydia das nächste Zimmer, einen großen Raum, in dem mehrere Matten auf dem Boden lagen, umgeben von drei kleinen Sesseln aus geflochtenem Material, das wie Schilf wirkte.

»Die Sessel benutzen wir nur, wenn höhergestellte Besucher kommen ... In der Familie sitzen wir immer auf dem Boden. Ich hoffe, dass du nichts dagegen hast«, sagte Citlali.

»Nein, keineswegs«, entgegnete Lydia. Daraufhin holte Citlali zwei Tassen voller Wasser aus der Küche nebenan, und beide setzten sich einander gegenüber auf eine der Matten.

»Du bist also das erste Mal in Tenochtitlan ...«, sagte Citlali.

»Ja ... Ich habe schon einiges über eure Stadt gehört, auch wenn ich mich in meiner Verwirrung an vieles nicht mehr so genau erinnern kann«, erwiderte Lydia.

»Ich kann dir in den nächsten Tagen manches zeigen ... Ich bin für eine Woche allein zu Hause, weil meine Eltern eine Wallfahrt nach Teotihuacan machen, die Stadt der Götter, wie wir sie nennen. Wer die Möglichkeit dazu hat, pilgert mindestens einmal im Leben dorthin und opfert den Göttern. Meinen Eltern war es sehr wichtig, diese religiöse Pflicht zu erfüllen, zumal mein Vater Schreiber am Hof Moctezumas ist. Wie du vielleicht weißt, ist Moctezuma der Tlatoani, unser Herrscher.«

»Der Titel ›Tlatoani‹ bedeutet ›Der, der spricht‹ ...«, sagte Lydia.

»Richtig. Das bedeutet, dass er den Willen der Götter zum Ausdruck bringt und selbst fast ein Gott ist ... Mein Vater und viele andere an seinem Hof haben ihn noch nie aus der Nähe gesehen, und es ist ohnehin streng verboten, ihm ins Gesicht zu blicken.«

»Worum geht es in den Büchern, die dein Vater schreibt?«, fragte Lydia.

»Um unsere Sitten, unsere Gesetze und nicht zuletzt um unsere Religion und all die Erzählungen, mit denen wir aufwachsen ... Ich helfe meinem Vater bei seiner Arbeit, denn ich werde später in seine Fußstapfen treten und ebenfalls Schreiberin werden.«

»Hast du Geschwister?«

»Ja, zwei ältere Schwestern, die aber schon verheiratet sind und Kinder haben. Ich bin die Jüngste und gehe bei meinem Vater in die Lehre, nachdem ich vor einigen Jahren die Schule abgeschlossen habe.«

»Willst du später heiraten?«

»Ja, sicher«, erwiderte Citlali und errötete leicht. »Aber bis jetzt ist mir der richtige Mann noch nicht begegnet, und für den Augenblick zumindest bin ich auch so ganz glücklich.«

»Leider kann ich dir wenig über mich erzählen, weil ich mein Gedächtnis verloren habe«, sagte Lydia.

»Wahrscheinlich hast du Pilze gegessen.«

»Ja, richtig ... Daran kann ich mich noch erinnern.«

»Du bist nicht die Einzige, der es so geht. Nicht wenige von uns machen ähnliche Erfahrungen. Auch ich hatte dieses Erlebnis schon einmal ... Es dauert danach oft einige Tage, bis man wieder ganz klar denken kann und das Gedächtnis zurückkehrt ... Auf jeden Fall freut es mich, dass du mir Gesellschaft leistest ... Auch wenn du eine sehr helle Haut hast, ähneln deine Gesichtszüge denen meiner besten Freundin, die allerdings seit einem Jahr verheiratet ist und in einer anderen Stadt lebt.«

»Auch du erinnerst mich an eine junge Frau, die ich gut kenne.«

»Ich sehe, wir haben vieles gemeinsam, auch wenn deine Heimat sehr weit entfernt ist«, sagte Citlali mit einem Lächeln und fuhr fort: »Komm, ich zeige dir unser

Haus und das Zimmer, in dem mein Vater und ich arbeiten.«

Daraufhin führte Citlali Lydia durch das Haus mit seinen acht Zimmern und zeigte ihr zuletzt das Arbeitszimmer, in dem auf zwei niedrigen Tischen beschriebene Blätter und Bücher umherlagen.

»Wir arbeiten gerade an einem Buch, in dem Erzählungen über Quetzalcoatl festgehalten werden«, sagte Citali, während sich Lydia die Schriftstücke näher ansah.

»Quetzalcoatl heißt ›gefiederte Schlange‹«, sagte Lydia.

»Ja ... Er ist sowohl der Gott des Windes als auch der Vater unserer Kultur. Früher war er König von Tollan und hat uns alles beigebracht, was wir wissen, bis er von Tezcatlipoca, dem Gott der Finsternis, verführt und entehrt wurde und deshalb schließlich in die Ferne aufgebrochen ist. Nach alten Erzählungen lebt er jenseits des Meeres und wird eines Tages zurückkehren.«

Lydia betrachtete die Bücher genau, deren Bilder und Zeichen ihr bekannt erschienen.

»Wie lange braucht ihr für ein solches Buch?«, fragte sie.

»Etwa drei Monate. Wir müssen sehr sorgfältig arbeiten, denn das Material ist kostbar.«

»Baumrinde und Hirschhäute ...«, sagte Lydia.

»Richtig. Ich sehe, du weißt einiges über uns.«

»Ja, auch wenn ich mich nicht daran erinnern kann, wo ich es gelernt habe.«

Citlali lächelte, ergriff ihre linke Hand, führte sie zurück ins Wohnzimmer und sagte dann:

»Wir müssen noch Wasser für das Abendessen und für unser morgiges Bad holen.«

Daraufhin nahmen beide je zwei Krüge und gingen durch einige Straßen zum Ufer des Sees, wo mehrere

Männer und Frauen Wasser aus einem Brunnen schöpften, der von einer steinernen Rinne gespeist wurde, die ihren Ursprung offenbar in einiger Entfernung hatte.

Als sie zu Hause ankamen, sagte Lydia: »Das Wasser ist sehr sauber und klar.«

»Ja«, entgegnete Citlali. »Es wird von den Bergen hierher geleitet. Es gibt viele solche Brunnen in der ganzen Stadt. Auf diese Weise haben wir immer genug sauberes, frisches Wasser zum Trinken und Baden.«

Nachdem sie mehrmals zum Brunnen zurückgekehrt waren und insgesamt mehr als zehn Krüge gefüllt hatten, bereitete Citlali in der Küche das Abendessen zu.

Sie nahm Maismehl aus einer großen Schale, vermischte es mit Wasser und formte daraus zwei große Fladen, die sie anschließend in eine tönerne Pfanne legte, die auf dem Herd stand. Dann entzündete sie ein Feuer darunter und wartete, bis die beiden Tortillas fertig gebacken waren. Anschließend legte sie sie zusammen mit je zwei Tomaten und Maiskörnern auf zwei Teller, und die beiden Frauen kehrten ins Wohnzimmer zurück, wo sie sich wieder auf die Matten setzten.

Nach dem Abendessen sagte Citlali: »Morgen werde ich die Arbeit an dem Buch fortsetzen, das ich dir gezeigt habe. Du kannst mir dabei gerne Gesellschaft leisten ... Nachmittags muss ich dann noch auf unserem Feld am Rand der Stadt einige Früchte ernten, damit wir in den nächsten Tagen genug zu essen haben. Wenn du willst, kannst du mich auch dabei begleiten.«

»Das werde ich gerne tun«, antwortete Lydia. Anschließend gingen die beiden in eines der Nachbarzimmer und legten sich zum Schlafen auf zwei große Schilfmatten, die als Betten dienten.

Am nächsten Morgen standen beide früh auf, und Citlali erwärmte mehrere Krüge voll Wasser auf dem Herd. Danach goss sie das Wasser in eine Wanne, in der Lydia und Citlali sich von Kopf bis Fuß wuschen. Nachdem sie sich angezogen hatten, kochte Citlali eine Suppe mit Maiskörnern, die sie zum Frühstück aßen, bevor sie in Citlalis Arbeitszimmer gingen. Während Citlali an ihrem Manuskript arbeitete und mit einem Pinsel Bilder und Hieroglyphen zeichnete, sah sich Lydia mehrere bereits fertige Bücher an. Als Citlali eine Pause machte, zeigte Lydia ihr das Buch, mit dem sie sich zuletzt beschäftigt hatte, und fragte:

»Worum geht es in diesem Buch?«

»Um Prophezeiungen nach dem Wahrsagekalender. Wie du vielleicht weißt, haben wir zwei verschiedene Arten von Kalendern, nämlich den Sonnenkalender mit 365 Tagen und den Wahrsagekalender, der 260 Tage umfasst. Mit Hilfe des Wahrsagekalenders versuchen unsere Priester die Zukunft vorherzusagen, und zwar sowohl die Zukunft unseres Landes als auch die Zukunft jedes Einzelnen. Es kommt für unser Schicksal immer darauf an, an welchem Tag des Wahrsagekalenders wir geboren werden. Ich bin glücklicherweise an einem günstigen Tag geboren, und mir wurde bei meiner Geburt auch vorausgesagt, dass ich Schreiberin werden würde. Und so ist es gekommen. Nach unserem Glauben ist es sinnlos, zu versuchen, dem Schicksal zu entgehen, das uns von den Göttern vorherbestimmt wurde.«

»Dir waren die Götter offenbar gnädig ...«, entgegnete Lydia.

»Ja ... Leider ist es nicht immer so, und auch unser aller Schicksal kann sich jederzeit zum Schlechten wenden, durch Kälte, Trockenheit, Heuschreckenschwärme, Hungersnöte oder Überschwemmungen. Wir können nur versuchen, die Götter durch Gebete und Opfer gnädig zu stimmen«, sagte Citlali mit leiser Stimme.

»Ja ...«, erwiderte Lydia, während eine dunkle Vorahnung ihre Seele erfüllte.

Zum Mittagessen bereitete Citlali wieder Tortillas zu, die die beiden mit Tomaten und Avocados verzehrten. Danach zerrieb Citlali einige Kakaobohnen, goss heißes Wasser darüber und bot Lydia das warme Getränk an, das sie Xocolatl nannte.

»Wir trinken Xocolatl nur zu besonderen Gelegenheiten oder wenn Gäste kommen ... Ich hoffe, dass es dir schmeckt«, sagte Citlali.

»Ganz bestimmt«, antwortete Lydia, doch als sie ein wenig davon gekostet hatte, war sie von dem stark bitteren Geschmack überrascht.

Citlali lachte und sagte: »Ich sehe, du musst dich erst noch daran gewöhnen.«

»Es schmeckt anders als alles, was ich bisher kennengelernt habe. Trotzdem gefällt mir der Geschmack.«

»Das freut mich«, entgegnete Citlali und fuhr dann fort: »Ich würde jetzt gerne zu unserem Feld fahren. Willst du mitkommen?«

»Ja, gerne.«

»Wir fahren mit einem Kanu dorthin, denn das Feld befindet sich am Ufer des Sees.«

Daraufhin liefen Citlali und Lydia durch mehrere Gassen zu einem Kanal, wo sie ein Kanu bestiegen, das Citlali sicher durch den regen Verkehr steuerte. Als sie die von Kanälen durchzogenen Felder am Rand des Sees erreicht hatten, stiegen beide aus, und Citlali ging zu einem der schmalen, länglichen Felder, die Chinampas genannt wurden.

»Ein großer Teil der Früchte, die in Tenochtitlan ge-

111

gessen werden, stammt von den Chinampas ... Mein Vater und mein Onkel haben hart gearbeitet, um aus Schlamm und Schilf dieses Feld anzulegen. Dank einiger Quellen in der Nähe ist das Wasser glücklicherweise nicht zu salzig, so dass wir mehrmals im Jahr Früchte ernten können«, sagte Citlali.

Danach pflückte sie mehrere Körbe voll Tomaten und Avocados, während Lydia die zahlreichen Menschen auf den Dämmen beobachtete, die Tenochtitlan mit dem Festland verbanden. Als sie anschließend in die Innenstadt zurückkehrten, hörte Lydia aus großer Entfernung ein Geräusch, das wie das tiefe Dröhnen einer großen Pauke klang. Zu Hause fragte sie Citlali, was es damit auf sich habe.

»Es ist ... eine religiöse Zeremonie«, antwortete Citlali mit stockender, leiser Stimme, und Lydia lief ein Schauder über den Rücken, der seinen Ursprung in jener düsteren Ahnung hatte, die sie schon zuvor empfunden hatte.

Am frühen Nachmittag des nächsten Tages, nach dem Mittagessen, sagte Citlali zu Lydia:

»Ich habe gestern die letzten Kakaobohnen aufgebraucht und würde gerne auf dem Markt in Tlatelolco neue kaufen. Kommst du mit?«

»Ja, sicher. Ich habe schon einiges über diesen Markt gelesen.«

»Der Anblick ist ziemlich beeindruckend, wenn man ihn zum ersten Mal sieht ... Es freut mich, dass du mich begleiten willst. Wir nehmen zwei Körbe voller Tomaten mit, um sie gegen Kakaobohnen einzutauschen.«

Daraufhin nahmen Lydia und Citlali je einen großen, mit Tomaten gefüllten Korb und trugen sie zu dem Kanu, das Citlalis Familie gehörte. Während der Fahrt erblickte Lydia zum ersten Mal die Pyramide im Zentrum aus größerer Nähe. Sie überragte alle Gebäude Tenochtitlans bei weitem, und ihre steilen Treppen wirkten wie die Flanken eines Berges, dessen Gipfel von zwei kleinen Tempeln gekrönt wurde. Auf Lydias Frage antwortete Citlali:

»Der linke Tempel ist unserem Sonnen- und Kriegsgott Huitzilopochtli geweiht, und im rechten wird der Regengott Tlaloc verehrt ... Die Pyramide stellt in der Tat einen Berg dar, auf dem nach unserem Glauben die Götter wohnen.«

Kurze Zeit später erreichten sie die Anlegestelle am Rand eines Kanals, wo Citlali ihr Kanu am Ufer vertäute. Anschließend bewegten sie sich im dichten Gedränge zahlloser Menschen auf den Marktplatz zu, dessen Anblick alle Bilder in Lydias Phantasie übertraf. Sie schätzte, dass auf dem Platz etwa 50.000 Menschen zugegen waren, deren Stimmen die Luft mit einem allgegenwärtigen Raunen erfüllten, übertönt von lauten Schreien und dem Gebell der Hunde, die auf dem Markt zum Kauf angeboten wurden. Immer wieder drängten neue Besucher auf den Platz, die vom Festland aus über einen der steinernen Dämme Tlatelolco erreichten, eine ehemals eigenständige Stadt, die aber mittlerweile mit Tenochtitlan verwachsen war. Viele trugen Früchte, Mais, Pfeffer, aber auch Truthennen und andere Tiere bei sich, die sie entweder auf dem Markt erworben hatten oder dort verkaufen wollten. Zwischen ihnen waren zahlreiche Männer und Frauen zu sehen, die den Marktplatz, ebenso wie die Gassen und Dämme, unablässig fegten und peinlich sauber hielten. Auch von den Körpern der dicht gedrängt stehenden Menschen ging zu Lydias Erstaunen keinerlei unangenehmer Geruch aus. Lydia und

113

Citlali passierten mehrere Händler, deren Sortiment Gewürze und Pilze aller Art umfasste, bis sie schließlich einen Stand erreichten, an dem Kakaobohnen angeboten wurden, die Citlali genau in Augenschein nahm, bevor sie sich entschied. Anschließend machten sich die beiden Frauen mit ihren leeren Körben und einer Handvoll von Kakaobohnen, die Citlali in einer tönernen Dose bei sich trug, auf den Heimweg. Kurz bevor sie den Marktplatz verließen, bemerkte Lydia eine Gruppe schwarz gekleideter Männer mit schwarz bemalten Gesichtern, die raschen Schrittes ihrem Ziel zustrebten.

»Es sind Priester Tezcatlipocas, die auf dem Weg zu seinem Tempel sind«, sagte Citlali, als Lydia sie mit einem Ausdruck von Erstaunen und Entsetzen anblickte.

Die Marktbesucher, die der kleinen Prozession begegneten, wichen ihr ehrfurchtsvoll aus, und als die Priester kurz darauf Lydias und Citlalis Weg kreuzten, sah Lydia, dass ihre Haare zu dicken Strähnen verklebt waren.

»Sie haben durch tiefe Schnitte in ihre Kopfhaut ihr eigenes Blut geopfert. Dieses Ritual ist Teil ihrer täglichen Pflichten«, sagte Citlali, weil sie spürte, dass Lydia ihre Beobachtung als zutiefst fremdartig empfand.

Auf dem Weg zurück nach Hause wählte Citlali eine andere Route, die sie an der großen Pyramide und an den Tempeln Quetzalcoatls und Tezcatlipocas vorbeiführte.

Als sie sich dem Haupttempel näherten, wurde sich Lydia erstmals ganz der Dimensionen des gewaltigen Bauwerks bewusst, das aus der Nähe noch höher wirkte als aus der Ferne, als ob die Menschen an seiner Spitze dem irdischen Leben entrückt wären. Nachdem sie den steilen Treppen der Pyramide bis auf wenige Schritte nahegekommen waren, bemerkte Lydia, dass die Stufen auf der Vorderseite über und über von einem erstarrten Strom einer roten Flüssigkeit bedeckt waren, von der sie nach wenigen Augenblicken wusste, dass es sich um Blut handelte. Als sie kurz darauf beinahe unmittelbar am Aufgang zum Tempel Huitzilopochtlis vorübergingen, fiel Lydias Blick auf ein niedriges, längliches Gebilde, zwischen dessen aus Stein errichteten runden Enden sich lange Holzstangen erstreckten, auf denen unzählige menschliche Schädel aufgereiht waren. Citlali sah, dass Lydia die Blässe des Todes im Gesicht stand, ergriff ihre rechte Hand und beschleunigte ihre Schritte.

Als sie zu Hause angekommen waren und im Wohnzimmer auf dem Boden saßen, sagte Citlali zu Lydia:

»Der Anblick des Haupttempels hat dich zutiefst erschüttert ... Es tut mir leid ... Wenn ich das gewusst hätte ...«

»Kein Problem, Es ist nicht deine Schuld«, antwortete Lydia mit einem Lächeln, das freilich noch immer ihre Bedrückung verriet.

»Deine Heimat muss wirklich weit entfernt sein, denn diese blutigen Rituale gibt es bei allen Völkern in dieser Gegend. Wir haben sie nicht erfunden ... Sie stammen von den Tolteken, wie fast alle unsere Traditionen. Aber auch wenn ich hier aufgewachsen bin, werde ich mich nie an diese Opfer gewöhnen. Manchmal fühle auch ich mich fast wie eine Fremde unter den Menschen hier, denn die meisten scheint all das nicht weiter zu stören. Im Gegenteil, sie sind zutiefst davon überzeugt, dass Menschenopfer notwendig sind, damit die Welt nicht untergeht«, sagte Citlali, und Lydia bemerkte, dass sie den Tränen nahe war.

»Ich habe davon gelesen ... Wie die Götter sich nach eurem Glauben geopfert haben, damit die Sonne entstehen konnte, müssen sich auch die Menschen opfern, um mit ihrer Lebensenergie die Götter zu erhalten, so dass die Sonne auch weiterhin scheint.«

»Richtig. Die Welt hat nach unseren Mythen schon mehrere Katastrophen erlebt, und die Sonne ist einige Male erloschen, bevor ein neues Sonnenzeitalter begann. Wir leben derzeit in der Epoche der fünften Sonne, der letzten, wie man sagt ...«

»Es gibt Berichte, nach denen fremdartige Menschen an der Küste gelandet sind, die von manchen als Götter und Vorboten des Weltendes angesehen werden.«

»Ja, auch ich habe davon gehört. Sie fahren offenbar auf großen Schiffen, die schwimmende Berge genannt werden. Es heißt, dass sie von sehr weit herkommen, von jenseits des Meeres, das nach unserem Wissen die ganze Welt umgibt«, sagte Citlali und fügte nach einem Augenblick mit einem Lächeln hinzu: » ... wie du vielleicht auch.«

»Ja, das ist gut möglich ... Wenn mein Gedächtnis ganz zurückgekehrt ist, werde ich es dir sagen können.«

»Ich glaube, ich weiß es auch so ... Wo auch immer genau deine Heimat liegt, fühle ich mich dir näher als vielen anderen Leuten hier«, antwortete Citlali, und Lydia spürte, dass auch sie sich Citlali tiefer verbunden fühlte als anderen Menschen.

Nach einer kurzen Pause fuhr Citlali fort: »Es gibt in der Tat einige, die glauben, dass die Fremden die Boten Quetzalcoatls sind ... In letzter Zeit häufen sich dunkle Vorzeichen, und es wird eine Sonnenfinsternis vorhergesagt, die ebenfalls großes Unheil ankündigt. Was auch immer geschieht, es hat nach unserem Glauben keinen Sinn, sich dem vorherbestimmten Schicksal entgegenzustellen. Wir wissen nicht, was der Tlatoani tun wird ...

Vielleicht wird er nur versuchen, die Götter durch möglichst viele Opfer gnädig zu stimmen.«

»Wie viele Menschen werden bei euch jedes Jahr geopfert?«

»Hier in Tenochtitlan sind es etwa tausend, im ganzen Imperium der Mexica, wie wir unser Land nennen, sind es noch wesentlich mehr ... Besonders seit einer großen Hungersnot vor etwa 65 Jahren werden immer mehr Kriegsgefangene geopfert, um Unheil von unserem Land abzuwenden, wie es heißt ... Als vor ungefähr 40 Jahren unser neuer Haupttempel eingeweiht wurde, sollen 30.000 Gefangene geopfert worden sein. So hat es mir jedenfalls mein Großvater erzählt. Ahuizotl, der damalige Tlatoani, hat viele Kriege geführt, damit genügend Gefangene für die Einweihung des Tempels zur Verfügung standen. Der neue Tempel, der über den alten Tempeln errichtet worden war und der allen Völkern die Macht der Mexica vor Augen führen sollte, war der ganze Stolz Ahuizotls. Im ganzen Land sollen die Feierlichkeiten mehrere Wochen gedauert haben. Ich bin froh, dass ich sie nicht miterlebt habe«, antwortete Citlali mit leiser Stimme.

»Wahrscheinlich wird es angesichts all der Bedrohungen auch in nächster Zeit Opferzeremonien geben«, sagte Lydia.

»Ja. Eine solche Feier wird schon morgen Abend stattfinden. Wie ich dir bereits erzählt habe, wird eine Sonnenfinsternis vorausgesagt, die in unseren Augen eine große Bedrohung ist, weil sie zeigt, wie leicht die Sonne erlöschen kann. Deshalb versuchen die Priester, die Gefahr durch Opfer abzuwenden. Nach unseren Erzählungen durchquert die Sonne nachts das Reich der Finsternis des Gottes Tezcatlipoca und muss sich gegen ihn zur Wehr setzen, um am nächsten Morgen wieder aufzugehen. Bei einer Sonnenfinsternis zeigt Tezcatlipoca seine Macht freilich noch viel deutlicher, und deshalb wird auch alles getan, um ihn zu besänftigen. Bei den Opferzeremonien im Tempel Tezcatlipocas werden junge Frauen und Männer mit heller Hautfarbe geopfert, weil sie mehr Licht in sich aufgenommen haben. Morgen werden es zehn junge Frauen sein, die sich, so wird jedenfalls behauptet, alle freiwillig für dieses Opfer entschieden haben. Als Erste wird die Tochter der leitenden Opferpriesterin sterben, die sehr stolz darauf ist, dass ihre Tochter dieses entscheidende Opfer bringen wird, das unser Schicksal zum Guten wenden und schlimmes Unheil verhindern soll.«

»Wie oft kommt es vor, dass Menschen sich freiwillig opfern lassen?«

»Nicht so selten. Es gilt als große Ehre, für die Zukunft unseres Landes zu sterben, nicht nur für die Opfer selbst, sondern auch für ihre Familien. Die Geopferten können, so glauben es die meisten jedenfalls, sicher sein, ins Paradies zu gelangen, wohingegen fast alle von uns nach ihrem Tod kein so günstiges Schicksal zu erwarten haben ... Die meisten Opfer sind freilich Kriegsgefangene. Aber auch sie betrachten ihren Tod auf dem Opferstein als ehrenhaft. Die Jungen der Mexica werden von ihrer Kindheit an zu Kriegern erzogen und daran gewöhnt, Schmerzen und Entbehrungen zu ertragen. Die Ehre der Männer gebietet ihnen, im Kampf entweder zu siegen oder zu sterben. Da es bei unseren Kriegen und denen unserer Nachbarvölker vor allem darum geht, Gefangene für Menschenopfer zu gewinnen, heißt das, dass sie immer damit rechnen, geopfert zu werden, und dass sie beinahe stolz darauf sind, wenn sie auf diese Weise sterben. Nur ein Krieger, der als Sklave für andere arbeiten muss, verliert seine Ehre und damit auch seine Achtung vor sich selbst. Aber nicht nur die Jungen, sondern auch die Mädchen werden so erzogen. Zwar ziehen wir nicht in den Krieg, und es werden auch weniger Frauen als Männer geopfert, aber auch die Mädchen gelten im übertragenen Sinn als Kriegerinnen. Die Geburt eines Kindes wird gefeiert wie ein Sieg auf dem Schlachtfeld, und auch für das Kind ist die Geburt nach unserer Vorstellung der Beginn eines langen Kampfes, der mit den ersten Augenblicken seines Lebens beginnt, so wie Huitzilopochtli sofort nach seiner Geburt seine Brüder getötet hat, weil sie das Leben seiner Mutter bedrohten ... Ich weiß, all das ist zutiefst grausam und für dich zu Recht unverständlich, und auch ich bin froh, dass meine Eltern mich anders erzogen haben als viele andere. Mir wurde wohl nicht ohne Grund geweissagt, dass ich Schreiberin werden würde ... Aber auch meine Eltern mussten schon ihr eigenes Blut opfern, indem sie sich selbst mit Kaktusdornen tiefe Stiche in die Ohren und die Zunge zugefügt haben. Glücklicherweise haben sie alles getan, damit mir solche Opfer bis jetzt erspart geblieben sind ... Auch ich habe eine helle Hautfarbe, und in anderen Familien ...«

»Daran solltest du nicht denken«, antwortete Lydia.

»Da hast du recht ... Morgen freilich wird mir nichts anderes übrigbleiben, als an der Feier als Zuschauerin teilzunehmen, auch wenn mir davor graut. Wir gehören zum selben Stadtbezirk wie die Familie der leitenden Opferpriesterin. Die Leute kennen uns, und es wird genau darauf geachtet, wer da ist und wer nicht, zumal es eine sehr wichtige Opferzeremonie ist ... Du wirst mich dabei sicher nicht begleiten wollen.«

»Ich weiß nicht ... Vielleicht brauchst auch du meine

Unterstützung. Auch ich fühle mich dir näher als anderen Menschen. Wir haben vieles gemeinsam, was ich nicht in Worte fassen kann.«

»Stimmt«, sagte Citlali mit einem Lächeln und fuhr fort: »Deine Gegenwart würde mir sicher helfen, aber ich weiß nicht, ob du den Anblick ertragen könntest.«

»Ich werde darüber nachdenken, aber ich glaube, dass wir beide ein solches Erlebnis gemeinsam am besten überstehen würden. Wir würden gemeinsam die Welt der Finsternis durchqueren wie die Sonne das Reich Tezcatlipocas. Zu zweit wird uns das leichter fallen als allein.«

»Ja«, sagte Citlali und drückte Lydias Hand.

In der Abenddämmerung des folgenden Tages machten sich beide auf den Weg zum Tempel Tezcatlipocas. Lydia hatte sich nach langer Überlegung entschieden, Citlali zu begleiten. Bevor sie aufbrachen, sagte Citlali zu Lydia:

»Es werden sehr viele Zuschauer da sein, vielleicht über zehntausend. Viele essen vor solchen Zeremonien Pilze oder trinken Pulque, unser berauschendes Getränk aus Agavensaft, obwohl Letzteres sonst streng verboten ist ... Auch die Opfer nehmen Pilze oder Pulque zu sich, um ihre Angst leichter überwinden zu können, und viele wirken in der Tat furchtlos, wenn sie die Treppe zum Tempel hinaufsteigen. Das liegt natürlich auch daran, dass gerade die Freiwilligen zutiefst vom Sinn ihres Opfers überzeugt sind. Außerdem glauben wir daran, dass die Opfer wie auch die Priester die Götter verkörpern, denen die Opfer dargebracht werden. Deshalb werden die zukünftigen Opfer, auch die Kriegsgefangenen, mit großem Respekt behandelt.«

Lydia nickte und fragte anschließend: »Glaubst du,

dass die Tochter der Priesterin dieses furchtbare Opfer wirklich ganz freiwillig bringt?«

»Ehrlich gesagt, ich weiß es nicht. Ihr wurde von Jugend an die Bedeutung dieser Opfer vor Augen geführt, aber Gerüchte besagen auch, dass die Erwartungen ihrer Familie sehr hoch waren und dass ihre Mutter sie zutiefst hasst«, sagte Citlali und umarmte Lydia, bevor sie fortfuhr. »Wir müssen jetzt gehen.«

Nach etwa einer Viertelstunde erreichten Lydia und Citlali in einem dichten Strom von Menschen den Platz vor dem Haupttempel, neben dem sich der Tempel Tezcatlipocas erhob. Die Menge füllte den ganzen Platz bis hin zum runden Tempel Quetzalcoatls auf der rechten Seite, der, ebenso wie der rechteckige Tempel Tezcatlipocas auf der linken, wesentlich kleiner als der Haupttempel war. Auch Tezcatlipocas Tempel hatte die Form einer Pyramide, an deren Vorderseite Stufen zu einem kleinen Gebäude an der Spitze führten, das in der beginnenden klaren Nacht, ebenso wie der Platz vor der Pyramide, von zahlreichen Fackeln erleuchtet wurde, über denen die Sterne sichtbar wurden. Vor dem Tempel stand eine halb liegende steinerne Figur, die eine Schale in ihren Händen hielt und ihr Gesicht den Zuschauern zuwandte. Auf Lydias Frage antwortete Citlali:

»Die Figur ist ein Chacmool. Sie hält eine Adlerschale, die das Herz des Opfers aufnimmt.«

Lydia nickte, während Citlali einen Arm um ihre Hüfte legte und sie fest an sich drückte.

Citlali und Lydia befanden sich mitten in der Menge, ein gutes Stück vom Tempel entfernt, so dass sie das Geschehen würden verfolgen können, ohne ihm jedoch allzu nahe zu sein. Die Zahl der Menschen auf dem Platz wuchs beständig, und Lydia schätzte, dass tatsächlich mehr als zehntausend Zuschauer anwesend waren, die sich jedoch erstaunlich diszipliniert verhielten und weder drängten noch schrien, sondern tiefe Ehrfurcht zu empfinden schienen. Nicht wenige trugen einen Kopfschmuck aus Federn und hatten ihre Körper offenbar mit duftenden Ölen eingerieben, deren Geruch die Luft erfüllte.

Nach einiger Zeit hörten Lydia und Citlali leise Flötenmusik. Als sie sich umwandten, sahen sie eine kleine Prozession, angeführt von sechs Priesterinnen, die allesamt schwarze Umhänge trugen und deren Gesichter, ebenso wie ihre Körper, schwarz bemalt waren. Ihnen folgten zehn junge Frauen, die ebenfalls in schwarze Umhänge gehüllt waren, deren Gesichter und Körper jedoch hell, ja sogar beinahe weiß wirkten und die Flöten spielten, deren heller Klang trotz der Gegenwart so vieler Menschen deutlich zu hören war. Die Gruppe näherte sich langsam dem Tempel durch eine breite Gasse in der Menge, die den Priesterinnen und den jungen Frauen mit großer Hochachtung begegnete. Als die Prozession den Tempel erreicht hatte, bestiegen die Priesterinnen eine nach der anderen die Pyramide, während die jungen Frauen weiter auf ihren Flöten spielten, bis sie sie schließlich der letzten Priesterin übergaben. Kurz danach ertönte das Dröhnen zweier Pauken, und Lydia wandte ihren Kopf nach oben, wo sich mittlerweile alle sechs Priesterinnen versammelt hatten. Die jungen Frauen wirkten ruhig und frei von Furcht, während der tiefe, rhythmische Klang der Pauken immer lauter wurde, so dass Lydia in ihrem Körper die Vibrationen spürte, die viele in der Menge nach einigen Minuten beinahe in Trance versetzten, wohingegen sie in Lydia ein Gefühl stetig wachsender Beklemmung weckten.

Als Lydia glaubte, die Anspannung kaum noch ertragen zu können, löste sich die Erste der jungen Frauen von der Gruppe und stieg im Schein der Fackeln langsam die Stufen des Tempels hinauf. Als sie oben angekommen war, legte sie ihren schwarzen Umhang ab, ohne den ihr schlanker, fast weißer Körper schutzlos und zerbrechlich wirkte, während sie neben den sechs Priesterinnen vor einem großen, halbrunden Stein stand.

Dann vollzog sich alles sehr schnell. Fünf der Priesterinnen ergriffen die bis auf einen Lendenschurz beinahe nackte Frau und legten sie auf den Opferstein. Vier hielten ihre Arme und Beine fest, während die fünfte ihren Hals ergriff. Die junge Frau wirkte tief bewusstlos, als ihre Mutter mit einem großen Obsidianmesser einen tiefen Schnitt knapp unterhalb des Brustkorbs ausführte, der ihren Körper beinahe in zwei Hälften teilte. Anschließend durchtrennte sie die Rippen neben dem Brustbein und an der Seite des Brustkorbs, ergriff das schlagende Herz, durchschnitt die Blutgefäße, hob das Herz ihrer Tochter voll religiöser Inbrunst zum Sternenhimmel empor und legte es in die Adlerschale.

Lydia fühlte, dass ihre Kräfte sie verließen, während das übermächtige Dröhnen der Pauken ihre Sinne überwältigte. Das Letzte, was sie wahrnahm, waren Citlalis Arme, die sie auffingen ...

Als Lydia die Augen öffnete, erblickte sie den schwachen Schein ferner Lichter und hörte den lauten, tiefen Bass eines Instruments, das in ihren Ohren wie eine Pauke klang. Es dauerte eine gewisse Zeit, bis ihr bewusst wurde, dass die Lichter kleine Lampen an der Decke waren und dass die rhythmischen Basstöne zu lauter

Rockmusik gehörten. Als sie sich schließlich umwandte, sah sie, dass Barbara neben ihr saß und ihre Hand hielt.

»Gut, dass du wieder wach bist ... Ich habe schon angefangen, mir Sorgen zu machen«, sagte Barbara.

»Mit mir ist alles in Ordnung«, entgegnete Lydia mit leicht stockender Stimme. »Ich habe nur einen Ausflug in eine ferne Welt gemacht ... Wie spät ist es?«

»Halb vier.«

»Was? ... Da war ich ziemlich lange unterwegs ...«

»Stimmt. Ich hoffe, dass es kein Horrortrip war. Du hast manchmal sehr erregt gewirkt und so, als ob du dich vor irgendetwas gefürchtet hättest ... Am Schluss musste ich dich sogar sanft festhalten.«

»Ein Horrortrip war es nur gegen Ende ... Freilich hat mich danach in der Tat jemand aufgefangen«, sagte Lydia und erzählte Barbara kurz von ihrem Traumerlebnis.

»Es tut mir leid, dass deine Erfahrung mit halluzinogenen Pilzen so geendet hat.«

»Kein Problem ... So etwas gehört zum Leben und zu unserer Seele, so wie die Menschenopfer zum Aztekenreich gehörten.«

Barbara nickte und antwortete: »Schön, dass es dir trotz allem gut geht. Es wird wahrscheinlich noch ein paar Stunden dauern, bis die Wirkung der Pilze ganz aufhört.«

»Ich weiß ... Die Welt um mich herum wirkt noch nicht ganz so wie sonst.«

»Soll ich dich nach Hause bringen?«, fragte Barbara.

»Ja, ich glaube, das ist eine gute Idee.«

Nachdem Barbara sich von einigen Freundinnen verabschiedet hatte, machten sich die beiden auf den Weg zurück zu Lydias Wohnung. Der Nebel war im Lauf der Nacht noch dichter geworden und ließ die meterhohen

Pflanzen in Lydias Phantasie wie Ungeheuer wirken, die sich weit in den Himmel erhoben und ihre klauenbewehrten Arme nach ihr ausstreckten. Auch Barbara schien die Umgebung unheimlich zu sein, denn sie ergriff Lydias Hand und führte sie so schnell wie möglich aus dem hinteren Teil des Güterbahnhofs heraus.

Die beiden waren froh, als sie nach einer halben Stunde Lydias Wohnung erreichten, wo sie als Erstes eine Kanne Tee kochten. Lydia berichtete Barbara ausführlich von der Welt ihrer Träume und sagte zum Schluss:

»Citlali hatte eine große Ähnlichkeit mit dir ... und vor allem mit Rebecca, meiner Klavierlehrerin.«

»Ich kenne Rebecca zwar nicht, aber es scheint, dass sie vieles mit uns gemeinsam hat, auch wenn man es ihr äußerlich wahrscheinlich nicht ansieht.«

»Das glaube ich auch«, erwiderte Lydia und fuhr nach einem Augenblick fort:

»Es ist schon sehr spät oder, besser gesagt, sehr früh, und es fahren keine Busse oder Züge. Willst du noch einige Zeit hierbleiben und dich ausschlafen?«

»Ja, gerne. Außerdem bist du dann nicht allein.«

»Richtig. Dann hole ich eine Matratze aus dem Speicher, und wir können später den ganzen Tag zusammen verbringen.«

Nachdem Lydia alles vorbereitet hatte, aßen die beiden eine Kleinigkeit und tranken noch mehrere Tassen Tee. Bevor sie nach längerer Zeit schließlich zu Bett gingen, sahen sie, wie das erste Licht der Morgendämmerung den Nebel der Novembernacht durchdrang und einen milden, sonnigen Tag ankündigte.

Als Lydia und Barbara am frühen Nachmittag aufstanden, erinnerte nichts mehr an die vorherige Nacht. Der Sonnenschein und ein leichter Wind hatten den

Nebel längst vertrieben, und die Gegend um den Ostbahnhof hatte aus der Ferne jeden Anschein von Bedrohlichkeit verloren.

Als die beiden jungen Frauen zu Mittag aßen, fragte Barbara:

»Spürst du noch etwas von der Wirkung der Pilze?«

»Nein, meine Träume und Alpträume sind längst verflogen, und alles erscheint wieder ganz normal.«

»Wahrscheinlich bist du froh ...«

»Ja, natürlich«, erwiderte Lydia. »Aber trotz allem waren die Träume der letzten Nacht ein Erlebnis, das ich nicht missen möchte. Sie waren eine Begegnung mit den Abgründen meiner Seele ... eigentlich genau das, was wir Gothic-Fans suchen.«

»Es ist gut, dass du das Ganze so gelassen nimmst. Das zeigt, dass du deinen Weg gefunden hast.«

»Stimmt«, antwortete Lydia, bevor Barbara nach einem Augenblick fragte:

»Wann hast du deine nächste Klavierstunde?«

»Am Mittwochnachmittag. Bis dahin muss ich noch etwas üben.«

»Schön, dass du neben deiner Dissertation und der Arbeit an der Uni ein solches Hobby hast.«

»Ja, das ist auch notwendig. Wie du weißt, hat Musik für mich eine besondere Bedeutung ... Aber ich werde auch wieder mit dem Karate- und Jiu-Jitsu-Training anfangen, wie ich es dir versprochen habe.«

»Dann werden wir uns in Zukunft wieder öfter sehen ... Die Idee gefällt mir.«

»Mir auch«, entgegnete Lydia mit einem Lächeln.

Nachdem Barbara und Lydia noch mehrere Stunden gemeinsam verbracht hatten, fuhr Barbara nach Hause, und Lydia spielte zunächst zwei Stunden Klavier, bevor

126

sie wieder bis tief in die Nacht an ihrer Dissertation arbeitete.

Nach ihrer nächsten Klavierstunde am folgenden Mittwoch fragten Rebecca und Christian Lydia, wie das Wochenende und die Party verlaufen seien.

Während sie eine Tasse Tee tranken, erzählte Lydia den beiden ausführlich, was sie erlebt hatte, und sagte zum Schluss:

»Es war keine alltägliche Erfahrung.«

»Das stimmt. Das Ende muss auch im Rückblick ziemlich erschreckend wirken«, erwiderte Rebecca.

»Am Anfang war es auch so. Aber ich habe das Gefühl des Grauens glücklicherweise schnell überwunden ... In meinem Traum war Citlali im wörtlichen wie im übertragenen Sinn eine Stütze in der Begegnung mit meinem Unbewussten. Sie hatte übrigens eine ausgeprägte Ähnlichkeit mit dir«, sagte Lydia und sah Rebecca kurz in die Augen.

»Das hatte sicher einen tieferen Grund«, entgegnete Rebecca mit einem Lächeln.

»Richtig. Sie war eine Art Alter Ego, eine Seelenverwandte und eine Verbündete in der Konfrontation mit den Tiefen meiner Persönlichkeit.«

»Ich weiß, was du meinst«, antwortete Rebecca. »Auch wenn ich keine Gothic-Anhängerin bin, kann ich deine Gefühlswelt sehr gut verstehen ... Christian kann das sicher bestätigen.«

Christian nickte und sagte: »Ja ... Mir geht es genauso ... und natürlich bist auch du für mich eine Seelenverwandte.«

»Stimmt, und umgekehrt auch ...«, erwiderte Rebecca und drückte Christians Hand, bevor sie, zu Lydia gewandt, fortfuhr:

»Du hast natürlich auch dein Wissen über die Azteken in deine Träume integriert. Es ist in der Tat ein faszinierendes Thema.«

»Ja. Es war, als ob ich eine Reise ins Aztekenreich unternommen hätte. Die Träume waren weit wirklicher als normale Träume, wie wir sie fast jede Nacht haben.«

Rebecca nickte und sagte: »Citlali hat dich auf dieser Reise begleitet ... Sie gehörte in gewisser Weise beiden Welten an, unserer und der aztekischen.«

»Richtig. Sie war Aztekin, empfand ihre eigene Zivilisation und die Menschen in ihrer Umgebung aber manchmal als fremdartig.«

»Ja ...«, antwortete Christian. »Vieles an der Kultur der Azteken erscheint uns natürlich schwer verständlich, wie etwa der Glaube, dass das Schicksal der Menschen und die Geschichte vorherbestimmt sind und dass die Menschen nur durch Magie und Opfer darauf Einfluss nehmen können.«

Lydia nickte und sagte: »Historiker fragen sich beispielsweise immer wieder, warum Moctezuma gegenüber der spanischen Invasion keinen ernstlichen militärischen Widerstand geleistet hat, was ihn schließlich das Leben gekostet hat, weil auch die Azteken dafür am Ende kein Verständnis mehr hatten ... Wer weiß? Vielleicht hat die ganz nüchterne, rationale Erwägung eine Rolle gespielt, dass die Azteken den Spaniern und ihren zahlreichen indianischen Verbündeten zu wenig würden entgegensetzen können. Aber das ist eher eine moderne europäische Sichtweise. Im Grunde war wohl eher entscheidend, dass die Azteken zutiefst davon überzeugt waren, dass es keinen Sinn hatte, sich dem Willen der Götter und dem vorausbestimmten Lauf der Geschichte entgegenzustellen, und dass sie allenfalls durch Opfer die Götter besänftigen und möglicherweise umstimmen konnten. Moctezuma hat diesen Glauben vielleicht noch stärker verkörpert und war noch tiefer davon durchdrungen als andere. Möglicherweise hat er sogar tatsächlich daran geglaubt, dass Quetzalcoatl zurückkehrte.«

»Der religiöse Glaube der Azteken an die Vorherbestimmtheit der menschlichen Geschichte und an die Vorhersehbarkeit der Zukunft ist uns zwar fremd, aber in verwandelter Form spielt er sehr wohl auch bei uns eine Rolle. Sozialisten etwa glauben daran, dass die Geschichte einem festen Plan und klaren Gesetzen folgt, und viele sind der Meinung, dass die Wissenschaft die Zukunft mit großer Sicherheit vorhersagen kann ... Auf jeden Fall sind unsere Erwartungen an das Bevorstehende von großer Bedeutung für das, was wir in der Gegenwart tun, selbst dann, wenn sie am Ende doch nicht der Wirklichkeit entsprechen«, sagte Christian.

»Ja«, erwiderte Rebecca. »Diese Erfahrung machen wir auch im Alltag immer wieder.«

»Stimmt«, sagte Christian und fuhr, zu Lydia gewandt, fort:

»In deinem Traum hatte das Aztekenreich eine helle und eine düstere Seite, wie in der Wirklichkeit ...«

»Ja«, erwiderte Lydia. »Was für die Götter der Azteken galt, die oft zwei Naturen hatten und Licht und Dunkelheit oder Leben und Tod in sich vereinten, galt auch für ihre Kultur und ihre Geschichte. Auf der einen Seite hatten sie eine durchaus hochentwickelte Zivilisation, der andererseits die unsagbar grausamen Menschenopfer gegenüberstanden.«

»Diese Opfer dienten nach dem Glauben der Azteken dazu, die Götter gnädig zu stimmen und dafür zu sorgen, dass die Sonne wieder aufgeht. Sie glaubten, große Opfer bringen zu müssen, um die Welt vor dem Untergang zu bewahren und in Zukunft zu überleben. Auch das ist ein Gedanke, der uns nicht unbekannt ist ... Darüber hinaus waren die Menschenopfer freilich auch eine Machtdemonstration«, sagte Christian.

»Richtig. Ihr Ziel war nicht zuletzt die Einschüchterung möglicher Rivalen, auch wenn der religiöse Aspekt sicher im Vordergrund stand... Die Grausamkeit der aztekischen Religion spiegelte freilich auch die Rücksichtslosigkeit einer stark militarisierten Gesellschaft wider, in der das Leben eines Menschen wenig galt. Die Azteken sind von Kindheit an mit all dem aufgewachsen, und der Tod war in ihrem Leben immer gegenwärtig«, antwortete Lydia.

»Wie im damaligen Europa auch ...«, sagte Rebecca.

»Ja. Die Hexenverbrennungen in der frühen Neuzeit etwa sind mit den Menschenopfern der Azteken an Grausamkeit durchaus vergleichbar, von den Verbrechen des 20. Jahrhunderts ganz zu schweigen«, erwiderte Lydia.

»All das zeigt, dass der Mythos vom edlen Wilden letztlich genauso unbegründet ist wie der vergangene Glaube an eine moralische Überlegenheit der Europäer«, sagte Christian.

»Genau ... Freilich übt gerade der Opferkult der Azteken noch immer eine unwiderstehliche, düstere Faszination aus, die tiefe, unbewusste Ängste und Alpträume weckt, wie auch ich sie erlebt habe«, entgegnete Lydia.

Rebecca nickte und sagte: »Auch ich hatte übrigens schon einmal einen Alptraum, der in manchem dem ähnelte, was du erlebt hast.«

»Du warst in Gestalt von Citlali wohl nicht ohne Grund ein wichtiger Teil meines Traums.«

»Stimmt«, antwortete Rebecca mit einem Lächeln und

fuhr nach einem Augenblick fort: »Ich habe mir in der letzten Woche mit Christian ab und zu Gothic Metal angehört ... Du hast unser Interesse an dieser Musik geweckt, die so ganz anders ist als das, was ich spiele. Ich kann mir ganz gut vorstellen, was Gothic-Fans empfinden, wenn sie sie hören.«

»Du hast uns gewissermaßen angesteckt ... Ich habe schon beschlossen, mich intensiver mit dem Aztekenreich zu beschäftigen«, sagte Christian.

»Dann haben wir in Zukunft noch mehr gemeinsam«, antwortete Lydia, bevor sie sich eine Viertelstunde später von Rebecca und Christian verabschiedete.

Als Lydia zu Hause ankam, öffnete sie das Fenster in ihrem Zimmer und blickte in das Dunkel der Novembernacht. Es war ein außergewöhnlich milder, leicht regnerischer Abend, an dem die gesamte Gegend um den Ostbahnhof in großer Klarheit zu erkennen war. In der Ferne bemerkte Lydia das verlassene Gelände im hinteren Teil des Güterbahnhofs und den Bunker, der sie für immer an ihr Traumerlebnis erinnern würde. Sie wusste, dass der Winter kam und dass die nächtlichen Nebel zurückkehren würden. Aber sie hatte jede Furcht vor ihnen verloren.